핑크 카세트테이프

핑크 카세트테이프

발행일	2018년 11월 9일		
지은이	김 단	삽화	아린
펴낸이	손 형 국		
펴낸곳	(주)북랩		
편집인	선일영	편집	오경진, 권혁신, 최예은, 최승헌, 김경무
디자인	이현수, 허지혜, 김민하, 한수희, 김윤주	제작	박기성, 황동현, 구성우, 정성배
마케팅	김회란, 박진관, 조하라		
출판등록	2004. 12. 1(제2012-000051호)		
주소	서울시 금천구 가산디지털 1로 168, 우림라이온스밸리 B동 B113, 114호		
홈페이지	www.book.co.kr		
전화번호	(02)2026-5777	팩스	(02)2026-5747

ISBN   979-11-6299-387-3 03810 (종이책)   979-11-6299-388-0 05810 (전자책)

이 도서의 국립중앙도서관 출판예정도서목록(CIP)은 서지정보유통지원시스템 홈페이지(http://seoji.nl.go.kr)와
국가자료공동목록시스템(http://www.nl.go.kr/kolisnet)에서 이용하실 수 있습니다.
(CIP제어번호: CIP2018032889)

부디… 오래도록 나부끼지 않기를…

채워지는 건 하나뿐일 테니까…

김단 에세이

핑크 카세트테이프

북랩 book Lab

CONTENTS

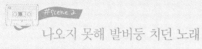

#scene 2

나오지 못해 발버둥 치던 노래

#Scene 3

발자국을 새기며

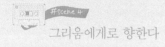

#scene 4

그리움에게로 향한다

#scene 5
그리고 눈물은 인사를 나누고

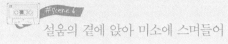

#Scene. 6

설움의 곁에 앉아 미소에 스며들어

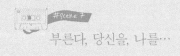

#Scene 7
부른다, 당신을, 나를…

First

Screen

핑크색 카세트 테이프는 내게 음악만을 기인한 것이 아닌, 눈앞에 아른거리던 어머니와의 연결고리였으며, 이해와 용서의 떠내려감이었고, 지독스러운 미친 사랑이었다.

우린 제각기 머물고 보내는 시간 속에서 자신들 나름의 영화 같은 삶들을 살고 있을 것이다. 애틋하기만 한 날들도, 희비가 엇갈리는 날들도, 아무 일도 일어나지 않는 심심한 나날들도 그 나름대로 한 편의 영화가 된다. 그래서 내 삶의 뇌리에 박혀 추억들마저 되뇌고 있는 지금의 단편들을 기억이란 필름에 담아 다시금 마음속에 묻혀두고 싶었다. 또한 버려두어 뿌옇게 쌓인 미미한 나에게 사과하고 싶음이었다.

고맙게도, 다행스럽게도 아직 눈물은 그 파리한 기억을 붙잡아주고 있다. 부디 그리 멀지 않았으면 하는 궁금함이 한아름 가득 채워질 그 언젠가, 웃음을 가득 머금고 뺨에 안겨질 매혹적인 눈물과 입 맞추기 위해서….

그러함에 난, 분실해 버렸던 현재와 지난 서러운 시간의 편린들에 물들여져도 계속 투명하기만 했었던 카세트 테이프를 지금도 여전히 핑크색으로 물들이고 있는 중이다.

그저 발바닥에 의지하는 터덜터덜한 내디딤…. 여행이란 이름이 붙여질지도 모르겠다. 그러나 여행은 아니었기에 사진 같은 것은 남아 있지 않다. 그땐, 사진을 찍을 눈 걸음의 멈춤도, 마음도 자리하지 않았다. 줄곧, 페이지가 부유하는 이야기로 스치며, 걷고 닿는 것뿐이었다.

지름길은 당연히 있을 리가 없다….

배낭을 들쳐 멘 걸음이었지만, 발아래 누리고자 함은 아니었으며, 반추하는 삶을 돌아보기 위함 또한 아니었다. 마치 드라마의 짧은 단막극의 시작이었고, 또한 영화의 시작을 알리는 제목과 같음이었다. 어느 하나 편집의 가위질 없이 긴 호흡으로 이어지게 될 걸음 속의 준비된 필름과, 돌고 있는 카메라의 시선과 같은 눈망울 속 떨리는 앵글은, 둔탁한 슬레이트 소리처럼 퍼지는 첫 발걸음의 울림으로 함께 멀리 가 있을 그곳을 향해 던져졌다.

그렇게, 그 시간에게….

나를 내어줬다.

Crank in 2012년.

오로지 홀로 묻혀야 하는 공간. 그 안에 심으며… 만나고 있다.

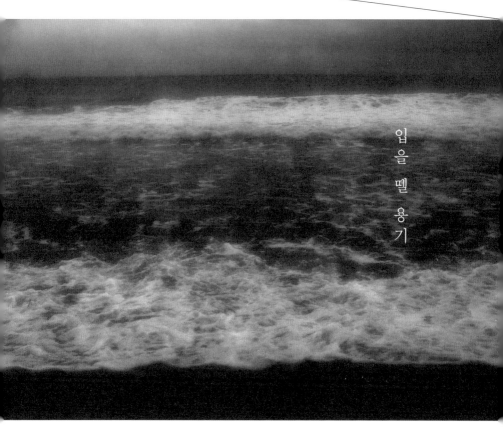

입을 뗄 용기

Take 1
난 _____

숨이 쉬어질 수 있는 곳이 절실했다. 거품처럼 쌓여진 생각으로 닳고 닳은 멍한 걸음. 괴멸로 이끌려 불구처럼 절룩거리는 시선. 다짐을 심기 전부터 강제로 생포된 채로 앞서서 정해져 버린 한 방향. 혐오스럽기까지 하다.

사납게 번쩍이는 낙뢰를 맞은 듯, 무언가 잘못되어 뒤틀리게 다가오는 전조된 오싹한 징후가 옆에 선명히 앉을 때가 있다. 홀로 눈물에 갇힌 무방비의 상태로 갈라져서 스스로의 온갖 저열한 추잡함들이 어리고 있음을 받아들여야 할 때… 난데없게도 실제와 같은 공포… 별 수 없이 당연해야 하는 어이없는 결함이다.

애석하다. 살아가며 꽤 많은 날들이 그런 식으로 희롱하듯, 현존의 시기는 태연하게 고개를 내밀어 자비 없는 입을 벌리고 어깨를 짓누르며 나를 잔인하게 꾸역꾸역 삼켜댄다. 저항인 척 헤매는 내 쓸데없는 허술한 연기력은 이젠 제법 피식거릴 줄도 알게 됐다. 어쨌든 지금의 도피는 당연한 의무를 회피한 치기 어린 도망임을 인정한다. 베어 나와 푹 젖어버린 초조한 식은 땀이 대신 말해주고 있다.

깊어진 시간 때문이었을까? 차디찬 밤바람이 살을 엔다. 침입을 막지 못한 껄끄러운 등가관계의 현실은 더욱더 뚜렷이 뇌리에 박혀 악취를 풍기는 시커먼 고름을 줄줄 흘려내고 있었다. 뒤이어 두껍게 꽁꽁 군은 얼음 같던 위태로움도 녹아 빠르게 줄줄 곤두박질치고 있었다.

이 흐름들은 나를 꺾어내어 배설해버리는 거친 급류의 파동 속 소용돌이가 아닌 곱게 실어주는 시냇물이 되어주기만을 처절하게 소망할 뿐이다. 모든 건 내 의지가 아닌 수많은 우연들이 합쳐진 것뿐이라고, 피나도록 현실을 닦아내고 또 닦아내며 술에 취한 주정처럼 그 병든 중얼거림만을 바쁘게 반복한다. 아마도 쉽게는 탈피해주지 않을 엉켜간 현실을 어떻게든 벗어나고자 하는 미련스러운 도발이었던 것 같다.

희한하기도 하지? 이런 질척거리는 와중에도 실없는 웃음이 나오는 거 보면….

그래, 고집 부리지 말라 어이없게 이죽거리는 것일 테지.

짓이겨진 텅 빈 상자처럼, 부서져 뾰족하게 분할되어버린 유리처럼 거칠게 남아 내 불안을 스스로 뜯어먹고 있지만, 지금 내세울 수 있는 작은 선택이라곤 고작 이리저리 소슬하게 흐트러져 먼저 지쳐버린 마음 가닥을 관대히 다듬어 빗질해주는 일이다.

어디까지 해보려는지 궁금하여, 죄책감에 헐어갔을 말라버린 애달픈 조각하나를 잘라내어 들어다본다. 때론 멍청하고 둔함 등의 그따위 것들도 일부러 필요하다. 바보스런 천진한 미소와 함께 조금은 순해지는 기분일 것이다. 그때 그 순간만큼은 살아 있는 것처럼 풀이될 수 있을 테니까….

경계. 편협에 기울인 속단은 안 돼.

자신도 모르게 형상화 시킨 매정한 역습의 기회가 빚어낼 자각의 틈을 주어선 안 된다.

차라리 온기마저 없는 유령의 눈물이었더라면….

숨 쉴 수 있을 만큼만 따뜻한 가슴이었으면 좋겠다.

수컷의 생존본능으로 더럽힌 옹알대는 심장의 신음이 아닌, 온기의 증발을 차분히 막아낼 수 있는 그런….

갉아댐을 탐닉하는 모멸의 통증이 도사린 범위 안에 포함되더라도 좋으니까 말이야.

옮겨가는 시선에 잡히는 것마다, 억누를 수 없는 글썽임에 눈언저리는 금방이라도 잿빛의 차가움이 흐를 듯하지만, 어쨌든 숨은 쉬고 있는 썩은 몸피의 깨작거리는 구질구질한 상태이긴 하다.

그래서 말인데, 살아남기 위해 몸부림치는 나보다는, 그 몸부림을 치기 위해 살아남음으로 미소 짓는 나로서 두근대며 살아갔으면 한다. 언제까지고 가당치 않게 유보된 상태일수는 없으니까.

Take 2   #
그림자 속 거친 마음결

움켜 품는 대로 단어들을 마구 간직하고 있다. 그것이 지금은 주저할 수 없는 내 유일한 할 짓이다. 무엇이든 그녀가 되어 솟아나고 사라진다. 먼 산 너머 그늘을 맞이한 자갈길은 낮 동안 치이고 치여서 뜨거웠던 마음을 식히려 엷어진 숨을 헐떡이고 있었다.

나의 그늘엔 그녀의 그림자조차 향유되어줄 기대를 할 수가 없는 건가?

이건 단순히 궁한 그리움의 차원에서 벗어난 지 오래다. 그리고 여전히 어떠한 것도 허용이 되질 못하고 있다. 그러함에 나 역시도 잔뜩 뻗어 누워, 닥쳐오는 현실의 전율을 모조리 받아내고 있다. 어쩌다 보고 싶다고 읊조리는 추임새조차 뜨겁게 쓰려 온다.

꿈결처럼 푸르스름한 새벽녘의 바닷가. 다른 건 필요치 않은 간절함 하나가 해무(海霧)에 실려 춤추고 있었다. 처처가 그녀의 맘속이니 애타게 찾는 손짓 또한 가 닿아 반겨줄 수 있을 거라 믿어 본다. 전에는 살아가며 이렇게 한시도 눈을 떼지 않고 오랫동안 바다를 보고 있을 거란 걸 알지 못했다.

부정하려고 했던 어쩔 수 없음이란 말을 며칠 전부턴 사념이 아닌 곁에 둘 새로운 벗으로,

마땅한 공간마저 부재되었던 가슴에 자리를 마련해주었다.

지독한 모순의 정중앙. 도처에 교감 없이 퍼지는 그 허풍의 파장 따위들.

내 몸 안의 시궁창 속 궤도를 헤엄치며 떠돌던 체념들은 제 각기 가루되어 기운 없이 흩날리는 영혼처럼 구석구석 자리를 잡아 뿌리째 내려 그것이 본래의 내 육신인양 최면을 걸고 있었다. 가누기 힘든 최면의 메스꺼움으로 왈칵 뿜어낸 두려움. 어물거리다 인지가 되었을 땐 구속의 지배가 앞지른 시간이 꽤 넘어가고 있었고, 진행은 이미 반 이상이나 늦은 거였다.

좁혀지지 않은 간극. 무엇이든 생겨 피어나는 모든 걸 금기 해버리는 뻥 뚫린 눈동자. 정확히 그런 식으로 근근이 꿈틀대는 모습이었다.

낙원으로 일컬어진 하늘이란 거짓된 무덤에 뛰어들어 자취를 숨겨버린 유일무이한 나의 쉼터.

내 비워진 두 눈은 그걸 담아내기에도 부족했다. 도저한 원망이 섞인 푸른빛 안개는 증발하여 그리움만 가득해진 주인 잃은 속삭임만이 내게 건너오지 못하고 수만 번의 지친 밤을 울고 있다. 비 내리듯 당신이 오던 슬픈 소리.

선명해서 가슴 아프던 당신의 그 발자국 소리.

뒤틀려 엉켜졌던 연인들.

이런 도둑맞은 안타까움이 있다. 비탄을 지탱하는 건 나의 몫. 본래의 내 해맑던 모습은 여전히 틀어박혀 드러내지 않을 살갗으로 드리워진 채, 저만치서 두 팔을 뻗어 기다려 준다.

예리하게 그어져 잘려나간 고통에 잡아먹힌 형체.

기함하지만, 당장은 어느 누구도 손대지 못할 내 모습.

Take 3   #
차마

너를 어떻게 해야 할까?

모두가 너를 보낼 때 난 우둔한 미련의 굴레를 잔뜩 움켜쥔 채 안녕을 삼키고 있었다.

두껍게 입혀진 너를 벗어 내지를 못해 헤매인다.

아직… 아직은… 눈물을 덮고 잠들어 있어야 하나. 가라앉아서?

눈물로 눈앞이 거칠어지는데 어째서 네 모습이 더 아름다웠던 걸까?

순간마저 놓고 싶지 않은 바보 같은 몸부림이었을까?

사랑은 마치 바닷가 모래사장 위에 새겨진 것 같았다. 파도가 달려들면 금방이라도 흔적 없이 지워지는 그런 위태로운 쓸려감이었다.

하늘 가득 떠올라 커다랗게 맑은 눈망울을 내리던 달도 이내 눈을 감고 초승달로 흘러갔다.

한 발짝 한 발짝 뒤로 남기고 발걸음을 딛는 순간마다 괴리감 속 사슬로 감겨진 시간의 상흔이 발목을 붙잡는다.

Take 4   #

가누지 못한 혼란

스치는 순간마다 내버려둘 수밖에 없다. 미처 다가가지 못해 서성이던 꿈속의 용기는 언제나 날 토닥거리며 감싸지만, 의지와는 상관없이 깨어버린 어스름한 새벽은 진절머리 나는 비릿한 감정들만 잔뜩 전해주고 있었다.

두 발이 시커먼 어둠 속으로 서서히 사라져가는 것만 같다. 심장은 두근거리다 못해 요란한 소리로 귓가를 울리고 있다. 나의 겁먹음과 불안을 식사로 삼아버린 소름 돋던 패도(覇道)적인 어둠은 기세가 등등하여 살기 가득히 번득이는 눈으로 음흉한 미소를 숱하게 뿜어대며 내 뒷덜미를 움켜쥔다. 이참에 완벽히 날 부수기 위함일 것이다. 그리 버겁지 않은 긴장이다.

　어둠의 골은 깊어 붙들고 있는 뒤통수 외엔 어지간해선 뭐라도 담기길 거부하는 손사래뿐이다. 하지만 쉽게 내주진 않았다. 그나마 긴장으로 들이닥쳐 충돌하게 될 실전을 대비해둔 악마성에 근접한 분노를 아껴두었기 때문이다. 패인 자리를 더 파내건, 다듬어 채우건 마무리는 반드시 나여야 한다.

　도무지 출처를 알 수 없는 허전함. 낯설다. 이것이 나한테 맞는 건가?

　반영된 의구심은 잔뜩 김이 오른 이명으로 지독히도 맴돌며 익어갔다. 그러나 그게 새삼스러울 건 없겠지. 별거 아니라 믿게 되면 꼭 다시 찾아올 것이 자명하니까….

아직은 스스로 채워갈 용기는 물론이거니와, 그렇다고 멋진 척 손을 놓고 있는 대범함 또한 갖추질 못해 넋이 빠진 듯 풀린 초점은 제 맘대로 이리저리 늘어뜨린 시선이 놓인 곳을 헤매는 감정일 수밖에 없다. 도저히 말로는 내지 못하기에 절규로 터져 나오는 나약한 무음의 강탈당한 호소는 못내 안타까운 입안 속만 차곡차곡 메운다. 그러한 심정도 있는 거다.

다행히도 그런 감정에 쉽게 휘둘리지 않게끔 스스로를 매몰차게 독려하며 닦아세우고 있다.

더욱이 어디까지인 줄 또한 알고 있기에 엎드린 절규는 그대로 잠이 되어 더 이상 모든 걸 필요 없게 한다. 보이지 않지만, 비킬 수 없다. 마주선다. 그런 미친 꿈속을 두 발이 부러지도록 내달린다. 편안한 공간이라 할지라도 이러지도 저러지도 못해서 계속 굳어만 있는 것만이 능사는 아니기 때문이다. 그렇게 날마다 눅진한 하루의 긴 시간들은 위태롭게 가파른 어깨 너머의 등 뒤로 쏟아진다. 어쩌면 난, 나를 속이고 있는지도 모른다. 실체 없는 가혹한 가면을 뒤집어 쓴 채로.

겁에 질린 두려움은 내 전체에 애끓도록 박힌 외로움일 가능성이 크다. 침착하게 홀로 맞서야 하는 때가 도착하고 있다.

전부일 것이라 겁먹었던 부박한 삶의 한 부분이 별거 아닌 의미로 사라졌으면 한다. 아스라한 미련으로 지분거리는 것 없이.

Take 5   #
오래 걸린 용서

내 자신에게 짐을 싸준다.

이것저것 많이도 담겨 울먹인다.

왕복이 아닌 편도 티켓을 끊어준다.

내 자신이 나에게 고생 많았다며, 미안하다며,

악수를 건네 본다.

힘껏 해주었다.

용서한다.

사무치기만 했던 그 방안 속, 바람이 스며든 의자에 앉아

눈감은 미소를 보낸다.

더는 설렘이 없었다. 쉬이 건조해지는 것 같았지만, 오랜 숙
성에 따른지라 그래야 맞는 거였다. 내 생각에 그건 과거의 나
와 나누게 되는 일종의 작별인사의 느낌 같은 것이 아니었을까
한다.

진득한 허물을 벗어낸 작별인사.

그때의 조각이던 녀석이 나를 불러 세운다. 마치, 그래도 잊지 말아달라는 듯.

끈적함은 어느새 검질김마저 누그러졌다.

눈물 한 방울도 아낀 배웅의 악수.

다시 만날 기약은 없다.

그래. 다행이다.

Take 6   #
집으로 오는 길에…

가까운 곳에 있는 너는 오늘은 어떤 생각과 느낌으로 웃음을 보였었는지.

한번쯤 그 안에서 잠시라도 쉬어볼 수 있다면.

상상 속에서의 너의 손짓. 어쩜 저리도 반가워하는지.

느린 속도의 차 안에서 보여지는, 햇살 가득 머금은 사람들과 연인들의 사이에 너의 모습이 숨어 내 이름을 부를 때 난 언제나 그러하듯 널 찾아 두리번거린다.

멀리서의 애틋함은 가까운 곳으로 왔음에도 스쳐볼 수 없어 그리운 인사만이 너의 동네를 떠돌아 서성인다. 아무나 붙잡고 널 아냐며, 난 안다고 얘기하고 싶은 딜레마의 시간. 너의 손안엔 내가 잠겨있다. 건네받지 못하는 안타까움으로…. 그래서인지 나, 당신을 사랑하는 게 왜 이렇게 미안한지 모르겠다.

무엇을 떠올리건 가장 먼저 하얀 그리움으로 떠올라서 내 하루하루의 곁에 있어 주는데, 왜 당신을 사랑하고 지키는 것이 마치 당신을 괴롭히는 것처럼 죄스러운지 모르겠다. 혹여 내 사랑이 당신에게도 같은 괴롭힘으로 느껴졌다면… 그랬더라도, 그래도 한번, 받아봐 줄 수 있을까?

미안해. 사랑해서 미안하다….

사랑해…. 미안해서 더 사랑해.

보고 싶다. 거짓이라도 나보고 웃어주는 당신.

당신이 무심코 잠이 덜 깬 눈을 떴을 때, 내가 그 옆에 있어 볼 수 있을까?

이젠 모두 소용없는 곳에 자리한 허상.

Take 7   #
몹쓸 흉터

흉터.

한번 자국을 남기면 지워지는 일이 없는 아픔.

그래서 마음의 아픔에 따른 가슴속의 흉터는

말끔히 딱지로 떨어져 나간다 해도

버려진 자취는 더더욱 선명하다.

무언가의 경험에 의해 생겨지는 흉터.

쓰라린 견딤이 아니었다면,

새겨지지 않았을 몹쓸 것.

Take 8   #
먹먹한 밤

어떠한 가벼운 위로가 있었다 하더라도, 그 위로에 울부짖고 싶은 가슴이 살짝 진정되었다 하더라도, 결국은 제자리로 와서 다시 그 고통을 고스란히 감당해야 한다.

뜻밖이던 위로의 덕분에 가벼워졌을 초침들. 그러나 미처 낚아채지 못한 감정의 찌꺼기들은 옮긴 자리마다 그 자국도 유별나게 티를 내며 잘난 척을 던져대고 있다.

어디다가 이 아픔을 버려야 하는 걸까?

잠시 맡겨두는 것은 위험한 짓.

Take 9   #
궁금한 안타까움

눈물을 타고 날아들던 지나온 시간들이 제멋대로 토악질을
해놓은 자리에 질퍽거리며 서 있을 수밖에 없었다.

나의 어머니.

그녀가 모든 것이라 여겼던 곳을 이제는 그녀가 그토록 벗어
나고 싶어 하고 있다. 지독하디 지독한 아이러니다. 내가 할 수
있는 거라곤 그저 조용한 존재감으로 침묵을 달래는 것. 아득
한 기억의 미소로 버텨내고 있는 나의 심장엔 그 시절의 몇 안
되는 그녀의 소리가 많이도 녹음되어 있지만, 제대로 재생이
되지는 못하고 있다.

누워 잠든 그녀의 등 뒤로 세월의 한숨이 배어 나온다. 봄날
의 설렘은 어디 갔는지 새찬 비바람이 성을 내고 있다. 새끼들
의 마음이 이러한가? 그녀가 잠든 방 안은 자궁 속 따뜻한 양
수 같은 품속의 포근함으로 거친 내 마음결 속 태동이 보채는
불안을 안정시키고 있다.

　간혹 보이는 그녀의 뒤척임은 그렇게 나의 안도감으로 채워진다. 그리곤 언제부터 찾아 들었는지도 모를 서글픔에 눈물도 자연스레 제 입장을 내세운다. 그녀의 두 팔을 향해 달려들어 안겨들던 아름다운 기억 하나가 그 눈물 속에서 방긋방긋 손짓하고 있었다. 미친 듯이 날카로운 지금의 비바람도 성을 냄이 아닌, 어쩌다 봄을 잃어버린 통곡인 건가?

　세상 밖으로 비집고 나오는 순간 꼼짝 못해 지쳐가는 어미의 비명을 맛보더니.

　자라나는 어린 시절엔 아름다운 어미의 노파심을 뜯어 먹었으며,

　수염 난 청년시절엔 자식이 보고파 자꾸만 눈에 밟히는 어미의 그리움을 흥청망청 술에 타 마셨고,

　다 솟아났을 어른인 지금은 약해진 어미의 기력을 갉아 먹고 있다.

Take 10   #
우리를 부르던 날

　두껍기만 하던 너와 나의 거리가 얇아지고, 너의 숨결이 나의 코끝에 진하게 머물 때, 너의 어깨는 내 입술 아래서 부끄럽게 떨렸다. 그렇게 닿아간 순간은 기억의 액자가 되어 내 심장에 걸렸다.

　부슬부슬 안개비가 내리던 날, 무심코 흘리던 시선은 이내 삐걱거린다. 하늘 끝에 쏘아지길 원했던 소망이 가라앉아 천둥소리가 대신 울부짖는구나 했다.

　아픔이 나만은 아닐 거라는 마음이 흐르는 길목은 겹겹이 얹혀버린 숨이 차올라 엄살이라도 괜찮지 않겠냐 하는 미련 섞인 푸념만 던져놓을 뿐이었다.

당신을 만났던 진눈깨비가 흩뿌려지는 어느 봄날의 짧았던 밤이 아직 가슴에 남아있다.

그 뒤론 다른 계절을 허락해주기 싫었다. 내 허락 따위는 필요 없는 자연의 이치이지만, 할 수만 있다면 그 봄 안의 작은 안쪽에 있던 당신과 나의 포근했던 공기만큼은 바람을 타지 않게 하고 싶었다.

가끔 그때의 기억이 당신과 나를 부른다.

#Scene 2

발버둥 치던 노래

나오지 못해

Take 11
어쩔 수 없는 당황

'어쩔 수 없는 심정도 생각보다 많이 필요하구나.'라고 깨닫게 될 때, 괜스레 서러워진다. 그 말은 스스로의 능력을 무감각하게 만드는 일이 되어 명치끝을 파고들어 버리는 절망이기 때문이다.

어머니에 대한 안타까운 바라봄이 깊게 짙어지는 시간들엔 그 절망은 한층 더 겹을 쌓는다.

나이 들고 병든 노모를 끌어안는 나의 보살핌이 당연한 과정 속에 있다고는 하나, 어쩌다 등이 시리게 들려오는 한숨 소리는 안타까움마저 분쇄시키며 이내 제멋대로 주위의 공기 속에 합류해 잔인한 기운을 퍼트려 댄다. 아무리 애를 써도, 아무리 따뜻한 자식의 얼굴로 맞이해도 어머니의 지나온 세월을 거쳐 너덜해진 회한의 따른 쓰디 쓴 눈물에는 아무런 위로조차 건넬 수가 없는 거다. 그저 몇 번이고 닦아내고, 더 벅차게 안아주는 것이 전부일 뿐.

하지만, 어느 누가 그것만으로 힘이 되어주고 싶겠는가. 받아들일 수 없는 어쩔 수 없음이 바로 이때다. 자식의 입장에 처해 있는 많은 이들은 그런 어쩔 수 없는 무기력함에 당황한다. 이미 여러 번을 겪고 있어도 처음인 것처럼 언제나 그래진다.

Take 12   #
시간을 건네며

달콤하지 않더라도 그럴 것이라고 믿고 싶은 날들이 있다. 사람들 속 저마다의 이야기들이 슬프게 쏟아져도, 우울하게 뱉어져도, 그 이야기들의 첫 시작과 주제는 달콤했던 기억으로부터 나오기 시작했던 것이라 여겨졌기 때문이었다.

길고 긴 밤 속에 한참을 숨어 있었다. 그리고 그렇게 대화를 하며 수다 속에 숨 쉬는, 그저 그런 이야기들 속에 담긴 그들을 만나고 있었다.

모진 질곡의 삶 속에도, 날리는 꽃잎이 닿는 따스함이 반드시 함께할 테니까.

사소함에게도 곁을 내어주고, 숨 막힐 것 같은 심정으로 가득 찬 꽉 조인 옷 같은 마음을 벗어 내던지지 않고 그냥 그것에 있는 그대로 맞추어 입게 되었을 때, 어느 때고 예고 없이 찾아와 흐르게 될 눈물들도 서럽거나 부끄럽지 않을 것이다.

가장 슬플 때 어느 곳에서나 누구이건, 어떠한 인종이건 모두가 같은 눈물을 본다.

그 눈 안엔 당신과 같은 맺힘도 분명 있다.

그렇게 슬픔은 세월에 묻어 고개를 가로 젓는다.

나이든 슬픔이, 눈물을 주체하지 못하는 갓 오른 어린 슬픔에게 시간을 건넨다.

그 시간은 위로가 아닌.

품어버린 닮은 눈물….

Take 13   #
행복이 울었다

어느 곳으로 발길을 돌리건 비의 외로운 냄새는 같았다. 추적추적 내리는 모습도, 웅덩이에 고이는 모양까지도 모두 같았다. 정답이 없다고 믿고 싶던 문제가 결국은 문제인 거다.

침묵이 답이라고 단단히 생각했고, 지금도 변함없이 한결 같은데 한 구석에선 하찮은 인간일 뿐이란 티를 팍팍 내고 있다. 청승에 걸맞게 내팽개쳐져 버렸던 행복이란 이름을 지닌 많은 시간들이 생기 없는 슬픔의 멱살을 잡고 울어댄다. 벌써 놓아 버렸어도 하나도 이상하지 않을 목숨을 붙잡으며, 나의 살아가는 모든 증거가 되고 있는 그녀를 방향의 도착점으로 어디든 느리게 늘어트려 발길을 내어놓고, 하나라도 놓칠세라 꿈속에도 담아보려 간직하고 있다.

Take 14   #
부끄러운 그리움

　애틋한 그리움이라 여겼던 얄궂은 다스림은 어쩐지 모르게 괴롭힘 같다는 부끄러움을 갖게 했고, 이것 또한 이기적인 상념이라 치부해 버릴 수밖에 없었다. 어머니에 대한 그리움도. 그녀에 대한 그리움도.

　두 사람 모두 충분히 닿을 듯한 거리지만, 카메라의 초점이 무너지듯 흔들거린다. 속이 아파 아무런 음식도 뱃속에 건네주지 못하고 있었을 무렵, 덩그러니 굴러다니는 삶은 달걀의 껍질을 벗겨내 베어 물었다. 퍽퍽하게 꾹꾹 들어차는 느낌이 지금의 심정과도 같음으로, 난 이걸 핑계로라도 목이 메어 울어 버리고 싶었다.

　나는 얼마나 더 미쳤어야 했을까? 미침마저 부족했나? 얼마나 더… 삶의 살갗에 불을 붙여 태워야 했단 말인가. 제대로 붙여 녹아 보기는 한 것이었나. 과연 그랬었나? 제정신을 온전히 벗어난 순간이었다면 난 웃었을까? 안심했을까? 그리함으로써 연소되어 보았던 건 단 한 가지….

당신을 지킨 날.

그래도… 잃어버렸다.

조금만 일찍, 조금만 빠르게 라이터를 켰어야 해.

의문은 오랫동안 바람을 탔다.

난 못나게 흐르는 촛불처럼 녹아 내렸다. 지금이라면. 지금이었더라면. 그저… 그저 다독인다.

항상 준비해두었던 변명거리도 소용없었다. 딱히 필요하진 않았지만, 아픈 변명은 버려지지도 않았다.

늦은 후회와 한맺힘은 가루로 날려 내린다. 하늘에서 내리는 것이 아니라, 내가 하늘에 내린다.

내가 그곳에 울린다.

허공에 서려 젖어든다.

부디, 오래도록 나부끼지 않기를….

채워지는 건 하나뿐일 테니까….

Take 15   #
Clementine, 그 다음

옛날부터 흐르고 전해지는 노래 중에 'Clementine'이라는 노래가 있다.

아버지와 딸의 이야기를 담은 노래인데, 아버지가 없던 내게 어머니는 노래에 약간의 개사를 한 후 어머니와 아들의 노래로 불러 주시곤 하셨고, 시간이 지날수록 어느새 나도 곧잘 따라 부르곤 했다. 아름답던 그 노래는 지금의 나에게는 가슴에 아득한 노래다. 그래서인지 TV나 다른 매체에서 잠깐 동안 흘러가듯이라도 들려올 때면 자신도 모르게 잔뜩 저리며 떨려온다.

어리광이 어색할 리 없던 시절, 그리워 버둥거렸던 시간들 속에서 들어오고 불러왔던 노래였기에 마음이 먼저 반응을 하는 것 같다.

많은 날들이 지난 오늘날 역시도 첫 소절을 입에서 떼는 순간, 눈물은 날 그 기억에 데려다준다. 금세 부서졌으면 하는, 바싹 말라 바스락거리는 가엾은 낙엽의 시간들.

영원히 떼어 놓아지지 않을 Clementine.

머릿속, 뛰고 있는 심장을 통해, 비추는 눈빛을 통해 새어 나오는 아련함들을 나의 메이는 목을 달래며 부르게 될 노래로 바꿔보려 습관처럼 허밍을 꺼내어 본다. 어차피 내 생에 마지막까지 함께할 Clementine이 더 이상은 아프게 들려오지 않아야 할 그런 노래.

내 사랑에게도 한 생에 깊이 안겨질 내가 불러줄 노래.

Take 16   #
기분 좋은 울림이길

때가 되면 모든 상황을 그저 담담히 받아드려야 하는 때가 온다. 바로 생의 마지막을 더 이상은 붙잡을 수 없어 준비해야 할 때. 어렴풋이 희미하게 어디선가 들은 말이 있다. 그 순간이 오면 어떤 음성 하나가 귓가에 들려온다고 한다.

"그대, 그런대로 만족했는가?"

"삶 안에서 그대가 할 수 있는 사랑을 전했는가?"

요 근래, 어머니에 대한 긴장을 풀 수 없는 상황에서 어느 날 어머니는 얼마 전부터 귓가에 무슨 음성이 들려온다 하셨다. 그때 그 순간, 난 정말로 가슴이 쿵 하고 내려앉는 느낌이었다.
심장이 멈추는 듯한 것이 아닌, 그냥 그 자리에서 그대로 얼어붙는 느낌.

　엿줘보니 무슨 특별한 말이 들리지는 않았고, 두 음절로 된 같은 언어만이 계속 주기적으로 들려 왔는데 자세히는 기억이 나질 않는다고. 어느 날은 오른쪽 귀에서, 또 어느 날은 왼쪽 귀에서…. 분명 말도 안 되는 상황이 맞을 법도 한데, 어머니의 경험이기에 그 설득력은 더욱 높아져 강하게 받아들여질 수밖에는 다른 방법이 없었다.

　겁이 나는 건 다른 게 아닌 바로 이런 뜻밖의 현실이 더욱 겁이 나는 게 아닌가 싶다. 삶이 희미해짐을 받아들이기 전에 들려온다는 음성. 날 어루만지던 손, 안타까워하던 눈망울이 보이지 않게 되고, 소중하다는 말이 무색할 만큼의 소중한 나의 사람이 사라진다는 두려움. 이런 경우에 겁이 나는 건 정말이지 마음을 어떻게 주체할 수가 없다.

어머니에게 스쳤던 모든 물건들이 놓인 그곳들에게서 어머니의 깃들여진 체취를 가져오고 싶어진다. 내가 어디선가 들었던 그 말처럼 어머니도 한이 없을 순 없지만, 충분한 만족함과 나름의 깊은 사랑을 전해보고 살았기를 기도해 본다. 인간의 마지막은 결국 사랑의 전함이 최고가 아니겠는가. 그 사랑의 모습이 안타까운 물거품이었을 지라도….

그래서 가끔, 영화에서 나오는 것처럼 딱 한번만이라도 거침 없었던 그때의 여장부인 모습의 환상을 보고 싶기도 하다. 여장부로서 당당히 멋지게 사랑을 하던 그 모습을. 그리고 어머니 당신에게 들려오던 그 음성이 어떠한 말이건 기분 좋은 귓가의 울림이길 매일 바란다.

Take 17   #
그 꿈, 아련한…

목에 걸어 매일같이 닦아주고 싶던 꿈이 하나 있었다. 언제나 보고 싶어 목이 메던 그런 꿈이었다. 예배당을 찾는 사람이 있듯, 나 역시도 법당을 찾을 때마다 하루 동안 차 있던 눈물을 버린다. 어찌 날마다 이렇게 많은 눈물을 쏟아낼 수 있는 건지…. 눈물에 얼룩이 져도 상관없이 편지를 써 내려갔다. 억지스런 시간을 붙잡고 있음에 꿈으로부터 대가를 치르고 있는 것인가 보다.

언젠가 그 꿈에 대해서는 계속 그리워하고 살아야 한다는 걸 알았다. 왜 너무나 사랑하고 있어도 늘 그립다고들 말하지 않는가. 보고 있어도 보고 싶다 하면서…. 계속 그리워하고 살아야 한다는 건 어쩌면 당연함에 물든 축복인 것이다. 그러하기에 더더욱 편지를 쓴다. 두 손에 들려질 수 없더라도. 가슴이 말라비틀어져 먼지로나마 떠다니게 되면 더 가벼이 날아올라 잘 닿아주지 않을까.

Take 18   #
연약함의 강함

사랑받을 줄 모르는 사람은, 어떤 누구도 사랑해줄 수 없다.

연약한 마음. 사랑을 하게 되면 연약해진다. 그 사랑이 짝사랑일 경우에 연약함은 드러남이 더욱 확실해진다. 하지만 가슴의 미어짐을 품고 있는 연약함은 어떤 누구도 흐트러뜨리질 못한다. 함부로 휘저을 수 없을 만큼의 질기고 단단한 유리막처럼 감싸고 있기 때문이다. 오직 자기 스스로 만이 어루만질 수 있으며, 때론 파괴시킬 수 있다. 누군가 만지려 한다면 그건 위로가 아닌 위장의 막을 쓴 안타까움이다. 감정의 이입으로 함께 느껴졌을 시점엔, 함부로 만지려 들지 못한다. 주체 못해 흐르는 마음을 더 찢어 녹인다는 걸 알기 때문이다.

그럴 땐 그저 끄덕이는 보아줌이 쓰라린 흐름을 더디게 해준다. 사랑의 연약함은 결코 가볍거나 하찮지 않다. 그러므로 아픔에 떨리는 그들에겐 눈물의 무게가 얹혀진 속도의 더딤이라도 이미 끊어낼 수가 없다.

Take 19
틈

　스스로에게 무언가 조치를 취해야 한다. 그 감정 그대로 제자리 헛바퀴만 돌고 있으니 마음이 나아갈 틈조차 생기질 못하고 있다. 극단적인 견해. 나와 같지 않은 마음. 내 바라봄에선 저마다의 캐릭터는 타고났다기보다 스스로들을 그렇게 만들어 왔다고 의심해 본다. 착한 캐릭터는 얼마나 착한 일들을 그렇게 했길래, 슬픈 캐릭터는 또 얼마나 아파했기에 그런 이름들이 붙었을까. 살벌한 공간 속이다.

　지금의 사람들은 따뜻함 속에 위선이 감춰져 있다는 걸 이미 알고 있으면서도 마치 즐기는 것마냥 같은 위선을 꺼내들고 같은 장단에 울렁대는 메스꺼운 춤을 춘다. 건조하다 못해 숨쉬는 소리조차 가보아 주질 않는다. 거짓을 펼치는 사람도, 받아들여 똑같이 거짓으로 받아치는 사람도 모두가 단내 나는 구차한 변명의 여지나마 남겨둘 수 있는 자격을 잃었다. 어느 한쪽의 무게에도 기울여질 수 없는 졸렬한 한통속이었기 때문이다. 같음도 같음 나름이라 때론 입속에 한 움큼 들어찬 모래를 씹는 것 같은 갑갑한 투정을 낳는 법이다. 누구에게 구구절절 늘어놓아 하소연조차 부끄러워지는….

생각지도 못했던 뜻밖의 상황들 안에서 조금씩 많은 움직임들이 일어나고 있었다. 뭐 늘 일어나는 일이다. 이것저것 뒤섞어 제어대는 힐난에 부딪히기도 하고, 끼리끼리 어깨를 맞대어 보며, 배려 없는 삭막한 날 것 그대로의 침 튀기는 설전으로 어그러진 존재의 가치를 증명해 보인다.

무의미한 날카로운 몇 마디의 파도에 사정없이 쓸려대는 말들과 차디찬 냉소에 떨리는 한기를 느끼면서….

중심의 무게를 잃은 빗나간 종이비행기. 어째서 인간의 마음이란 게 그런 것인가? 애초부터 고즈넉한 지상은 없었다는 듯 우습게도 지질한 건방들이 하늘로 솟는다.

결국 근근이 살아있다는 것 외엔 허용되지 않는다.

어떤 것도, 하찮은 무엇 하나도 증명된 것은 없다.

Take 20　#
속

　어둠 속 밤길. 무작정 걷고 싶은데 딛고 가봐야 깜깜함만이 더 진해질 뿐이다. 내가 만들어 놓은 나름의 청승이자 멋을 부린 핑계. 사실은 겁이 났던 거지.

　깜깜한 곳, 더러운 곳에 얼마든지 있어도 현재 이상할 것이 없는 몸뚱어리 주제에 감히 함부로 제대로 된 생각을 휘감아 스카프처럼 두르고, 언제 어느 때 예고 없이 잡혀 팽개쳐질 마음을 부들부들 떨며 안 그런 척 안고 있다.

　어떻게든 근근이 해내고 있는 스스로가 불에 데인 듯 벌겋게 달구어져 쓰라려 보이는 모습이 참 가관이다. 대견함은 아직 곁에 오지도 못했다. 고개는 떨구어 버렸다. 똑바로 쳐다보지도 못해 비틀거려도 이것 또한 사랑…. 다짐은 이미 그 형태가 굳어진 습관으로의 행로를 걷기 시작했고, 으레 부려봄 직한 투정마저 점점 퇴색되어갔다. 지금, 누군가 작게 말을 건네도 펑펑 울어 버릴 것 같다. 아른거려서….

그럼에도 소망했다. 배가 불러지니까 내가 지금 하고 있는 일을 더 열심히 해야겠다는 생각이 마구 치솟아 올라왔다. 배가 고프지 않으려면 열심히 해야 하는 당연한 이치. 간사하게도 그걸 배가 차니 주섬주섬 발견하게 된 몹쓸 인간의 시답잖은 고약함이다. 배부르기 전엔 오로지 고픈 것만 곱씹어 되뇌니까….

왜 이걸 여태 몰랐을까. 왜 알아도 거짓을 눈감아주듯 그런 당연함을 처박아 뒀을까 하는 부끄러움이 내내 휘감겨진 채 떨쳐지질 않았다. 그걸 화두로 여기고 깊은 고뇌를 파악하기 위해 떠나보아야겠다는 겉멋이 잔뜩 비집고 나와 몸부림치는 건방진 생각은 다행이 없었다. 어차피 늘 어디든 가보고 싶다고 생각했으니까. 그곳이 어디든 늘 그렇게 가보면 알고 있는 것보다 훨씬 더 많은 당연함 들을 대면하고 메워줄 수 있지 않을까 해서였다. 그리고 어떤 식으로든 마음에서 질서 없이 뒤섞인 여러 가지의 한숨에 걸려 매달린 혼잣말들도 조금은 반듯이 모니터나 종이들에게 옮겨질 수 있을 것 같았다.

발
자
국
을

새
기
며

Take 21   #
예쁘던 빗방울

어느 여린 잎에 앉은 빗방울이 예뻐 보이는 까닭은…

구슬프게 울던 비를 잎사귀가 달래 힘껏 안아주고

있었기 때문이다.

바람이 다시 업어 하늘로 데려갈 때까지….

Take 22   #
나와 내가 만나본 날

나 자신의 손을 잡고, 무작정 차를 태워 맘껏 소리칠 수 있는 곳으로 데리고 간다.

외치다 비명 같은 절규가 터져 나와도 이상하지 않을 곳. 너덜거리는 내 속이라도 그런 안에서 봐주며 채근할 수밖에 달리 방법은 없다. 스스로도 싸워야 할 테니까. 작정을 하고 마주하게 되겠지. 무력함과, 외로움, 여린 그림자를⋯. 그리고 필사적으로 대치된 상황에서 여러 번 고꾸라지면서 깊어만 지는 늪 같은 교만에 허우적거리는 것이 되기도 하겠지.

이 모든 건 행복이란 어색함을 빛나는 행복함으로 바꾸고 싶은 용기를 갖기 위한 시간이다. 자신조차 무시해서 건네지 못했던 기회를 입혀주고 용서라는 빛을 발라 매만져 부축해야 하는 그런⋯ 뱉어내어 토해낼 수 있는 만큼 토해내야 억지라는 꼬리표로 잡아 두었던 시간도 제대로 초침을 맞춰줄 테니까.

어쩌면 지극히 당연한 거지만, 삶에는 노력해도 안 되는 거라 여겨지는 것들이 바탕에 당연하듯 깔린다. 반면에, 노력해서 되는 것 또한 많으므로 거기에 푹 빠져드는 삶이기도 하다. 그래서 뭐든 하고 싶고, 갖고 싶은 건 이상(理想)이다. 그걸 꿈이라 부르기도 한다.

Take 23 #
비의 밤

밤이 애타게 흐른다. 어찌 저리 통곡을 할까? 어둠마저 하얗게 질려 두려움이 아닌 서글픔에 떨고 있다. 꽉 막혀버린 마음에 떠오르는 말들은 같은 구절의 언저리에 맴돌 뿐. 더 이상의 다른 뱉음은 내 가슴을 뿌리친 채 이미 속에서부터 없어져 버리고 만다. 그렇게 시간은 발걸음을 양보해주질 않는다. 쉼 없이 흐르는 밤은 어쩌면 너의 눈물과 같으리라. 지금 여전히 네가 울고 있음이 내 눈앞에 보여지는 것이다.

울지 마라. 부디 울지 마라 내 사랑아.
이곳 깊은 산속의 밤이 네 대신 내게 안겨 울고 있으니 울지마라. 내 피맺힌 사랑아….

익숙한 견딤. 오히려 원치도 않았던 숨기는 기술만이 능숙히 늘고 있다. 단 한 번뿐이 아닌 잠시라도 철부지마냥 통곡으로 울부짖고 싶다. 내 머릿속, 가슴속을 빼곡히 채우던 너를 품에 안고….

그러나 애초부터 그것은 안타깝게도 불가능했음을 원망하며 큰소리 내는 울음을 자물쇠로 날 닫아걸어 잠그고 싶다.

Take 24   #
영화 반복

이미 오래 전에 보았던 영화를, 불 꺼진 어두운 방 안 속 하얗게 빛을 내는 모니터 앞에 앉아 반복해서 볼 때가 있다. 헤드폰 소리를 최대한 높이고⋯. 별다른 특별한 이유는 없다. 그냥 극 중 인물들의 속 감정들을 더 느껴보고 싶어서.

특히 기쁘고 슬프기 전의 호흡 소리를 듣고 싶어서다. 그 다음 웃음소리와 흐느껴 우는 소리⋯.

그렇게 흘러가는 화면의 작은 곳곳에 비춰져 묻어나는 배우들의 감정은 그 시간의 공간을 나와 함께 드문드문 더듬어주고 있다.

Take 25　#

끝의 끝

폐부 깊숙이 함몰되어 박힌 숨은, 가늘게 이어짐을 지키려 발버둥을 증식시키고 있었다. 그러나 그건 결코 쉬운 것이 아니었다. 난도질 같은 참담한 몸부림. 아물지 못하고 덧나 곪아가는 고통 어린 자리를 기어코 더 잘라내야만 횡포가 거세지는 진원지를 빠져나올 수 있는 것이었다.

불현듯, 그럴만한 가치가 있을 것으로 여겨 피 터지는 살들을 생으로 기꺼이 바치는 허튼 아량을 베풀기로 한다. 어차피 지금의 나란 건 불균형스러운 그런 것에 불과했던 거라서….

한 몸 안의 두 마음이 멋대로 기생한 온도의 차이는 이미 벌어진 뒤라 감히 마주할 수 없었다.

찰나의 가치를 믿었던 날, 그저 참지 못할 고통의 순간이 빠르게 지나쳐주길 바라야 했다. 반면에 외면하기만 하던 내 비정한 의지라는 놈은 오만을 굽히지 않고 최대한의 냉정함을 유지했다. 사정을 봐주기엔 도저히 눈 뜨고는 보지 못하겠다는 것이었다.

'내 아픔에게서 물러나!'

이 외침에 서려든 지껄임은 곧 분리되어 썩어든다.

어차피 상대가 되질 못했던 것을 수긍한다. 내 억지 따위로는 감히 견주어 맞설 수 없었다. 그러나 고개 숙여 전부를 뒤집어 쓸생각은 추호도 생각지 않는다. 헤아릴 수 없이 많은 날들 속에 부러진 계절들. 뒤이은 상실감.

인정하기 싫은 승패에 약이 올라 같이 죽고자 하여 적지 않은 날들을 삐딱하고 뒤틀린 마음으로 서서, 어떠한 작은 단어일지라도 입에서 벗어남을 막기 위해 굳게 닫아버리곤 밝게 보이는 행로를 마다했다. 그러다 입에 담기도 상스러운, 돌이키기조차 무서운 욕들을 새까만 독가루처럼 뿌려댔고, 하나하나씩 실망 속에 날아들어 폭주로 못 박힌 부정적인 각성의 상태는 어느덧 습관이 되어가 점점 허덕이는 나락으로 파고들어 스스로를 지치게 했다. 언제나 '이렇게는 아닌 건데… 내 진심은 이게 아닌데…'라는 후회로 울먹이는 것만을 터무니없이 되풀이하면서….

이윽고 시작되었다. 거침없는 헤집음에 곪은 자리가 터져 오랫동안 흉터마저 자리 잡지 못하게 됐다. 긴 아픔의 시간 동안 도저히 괜찮다는 말조차도 뱉을 수 없게… 참는 척을 해 봤자 의지의 공기가 오염된 자국은 더 쓰라리기만 할 뿐이다. 그리고 가공할 무게를 떠받칠 기력조차 면전에서 유린당해, 보란 듯이 씌워진 상처는 심하게 짓눌린다.

적의를 단단히 입고 사붓이 엄습해온 나의 의지는 그만큼 섬뜩했고, 모질었다. 소상하게 비춰진 냉혹함은 고통을 가늠하는 일부분의 기준을 제거해버렸다.

곱게 넘겨주진 않을 것이다. 그리 결연한 각오를 다진다. 결정적인 순간에 빼앗길 순 없으니까.

그렇기에 중단하지 않는다. 이건 늘 원하던 것처럼 간단하게 내 손을 떠나 아름다운 이야기에 자유로이 뉘여질 것을 허락하지는 않을 테니…. 하릴없이 웃음거리가 된 벌이다. 그래서 이리도 절박한 것일 거다. 기회는 한 번뿐이니까.

　단말마의 비명조차도 내질러 볼 마디도 없이 달아오른 고통을 손에 쥔 나는, 그런 의지가 그대로 헛되이 부서져 내리면 안 된다는 걸 알고 있다. 충분히 상기하고 있으므로 버텨낸다. 정말이지 너무나 싫다. 이렇게 무너뜨릴 순 없음이다. 지금의 이 냉혹함이 자칫 삐끗하게 되면 의지는 환멸로 찢겨져 넝마가 된 의지로만 끝나 버려지고 만다. 막연했던 꿈마저 희망과 행복을 가장한 시커먼 늪 속의 촘촘한 올가미에 갇혀 끌려들어 가버리게 되는 것이다. 일단 맞닥뜨리고 난 후엔 피할 방법은 없다. 그러하기에 나중 역시 있을 수 없다. 지금 해내지 못한다면 끝마저도 재가 되어 쓰러진다. 그렇게 망가진 숨을 건져내야 했다. 그것만큼은…. 아파도 필사적이어야 했다.

　다 와 가니 끝을 맞이하란 경망스러운 위로. 틀림없을 속임수.

　처절한 끝은 절대 그 기적의 안도한 한숨을 품에 안을 수 없다.

　나의 균열에도 아랑곳없이 온몸을 칭칭 동여 메고 붙들어 놔주지 않는다.

그러함에도 절대로… 결코… 기쁨의 마지막은 내 가슴에 건너오지 못하고 겁을 먹은 채, 이리저리 흩날리며 멋대로 둥둥 헤매어 떠다니진 않을 것이다.

내가 그 끝에서 뒤돌아 있을 테니까.

그렇게 끌어안아 귀착되어 있을 테니까.

침묵을 듣는다. 따라와 끼어드는 신음. 굳게 다물어진 버거운 침묵은 숨소리에 무수히 많은 말들을 가둬두고 내 심장을 단호하게 옥죄어 묶는다. 그러한데도… 들린다. 슬쩍 엿본 잠깐의 앓는 침묵은 그렇게나 질문이 많다. 있는 힘을 모아 하나의 덩어리로 세차게 뿜어 뱉어낸다.

그런 가시거리 내에 있다.

하니 단아, 당황하지 마라.

Take 26   #

숲길에서 만난 서러운 눈 뭉치,
이젠 고이 잠들다

원래부터 세상에 없었다는 듯 녹음이 짙게 깔려 고요한 산
속의 좁다란 오솔길로 뻗은 대나무들은 작은 공기들을 조심스
레 뱉어내고 있었다.

바람을 빌려 속삭임으로 내 이마를 스쳐 지나갈 때 익숙한
하늘내음이 깃들어 있었고, 이유를 알 수 없는 가슴 언저리의
뭉클함이 채워지고 있었다. 그렇게 대나무 숲을 조금 더 걷다
보니 끝자락 언저리에 무언가 최선을 다해서 하얗게 빛나고 있
었다. 아직 녹지 않은 눈 뭉치였다. 따스한 5월이건만 여전히
녹지 않은 채 가쁜 숨을 몰아쉬고 있었다.

"너도 아직 가기 싫은 모양이구나. 무언가를 붙들고 있는 거니? 미처 전하지 못한 말들이 남아 있는 거야?"

마치 내 모습처럼 미련스러워 보였고, 불쌍해 견딜 수가 없었다. 하지만 사정을 봐주지 않을 뜨거운 태양에 태워져 버리기 전에 내가 먼저 보내주기로 했다. 난 눈 뭉치를 쥐려 손을 뻗었고, 마지막을 아는지 나뭇가지에 겹겹이 눌러 붙어 안간힘을 쓰고 있었다. 억지로 손에 담은 눈 뭉치를 쓰다듬으며 작별인사를 건넸다.

"이제 가야지. 괜찮아. 다음번엔 비로 찾아와 주렴. 물가에
애처롭게 피어나는 안개라도 좋아. 내가 반드시 마중할 테니
까…."

눈 뭉치가 인사를 받고 서서히 녹아내리며 힘겨운 눈물을 쏟
아냈다. 그 눈물이 담긴 손을 녀석이 있던 숲길의 흙 속에 내려
놓았다. 마지막까지 희미하게 누워있던 그 자리에 다시 잠들
수 있는 무덤을 만들어 주기 위해서였다. 녀석이 건네진 흙은
까맣게 물들어 편한 잠이 되도록 깊이 가라앉았다.

Take 27   #
이내 한숨

띄엄띄엄 들려오는 소리. 바람이 한숨을 짓는다. 지금껏 세차게 뛰어다니만, 지쳤는지 온종일 저렇게 서늘하게 흐른다. 아무렇게나 내버려둬도 될 일이다. 어김없이 그녀가 되어보려 힘을 준다. 완벽한 그녀가 될 수 없다는 건 부정할 수 없는 명백한 사실. 그래도 어떻게든 그녀의 마음에서 자각해보려는 중이다.

최고의 상태. 자기가 뭘 하고 있는지조차 모르게 된다. 부정의 의미가 아닌 망각의 상태로 말이다. 그건 무아지경의 경지까지는 도달해있지 못 하더라도 초인적인 집중의 형태로 감싸고 있는 것이다. 사랑이 깊어질수록 간절함은 자신조차 알아차릴 겨를 없이 흐른다.

그렇게 나의 우표가 새겨져 전해진 내 사랑이 네 곁에 잘 있어 주었으면 하는 마음도 무심코 뱉으면서… 흐트러져 불시착되지 않았기를 빌면서…

Take 28
내 미친 심장 안의 미친 그림자

뿌연 어느 날에도 그림자가 있었다. 이런 날에 어디서 어떻게 비치는지 알 길은 없었다. 다만 안쓰러워 만져주려 뻗은 손길을 따라 그림자도 겨우 제 손을 건네 날 만져주고 있었다.

'어떻게 온 거야? 이런 날에도 곁에 있을 수 있는 거니?'

침묵하던 그림자는 고통이 찔러낼 만큼 웃어 제끼기 시작했다. 그림자가 기어이 미친 거 같았다. 이내 심장도 비틀비틀 요동치며 같이 미쳐가고 있다.

차라리, 이렇게 되는 것이 오히려 나을지도 모른다. 지금의 얼어붙은 그리움을 제대로 견딜 수 있는 방법은 오직 이것뿐.

Take 29   #
사람은 참 그런 기라…

TV에 나온 어느 연세 많으신 한 할머님의 말.

"사람이… 독한 기라. 그자?"

"왜요 할머니?"

"서방을 바다에 묻고도, 자슥 새끼를 가슴에 묻고도 세끼 밥 다 묵고 잠도 자고 하면서 사니 말이다. 아무리 산 사람은 살 아야 한다 캐도, 가마히 보믄 독하지 않으믄 그리 몬하는 기 라. 죽지 몬해 산다는기 아이라 따라가고 싶은 마음 간절해도, 그래도 죽기는 싫으니까 사는 거제. 사람은 그리 독한 기라…."

할머니는 다 낡아버려 구멍이 난 고무신을 혹여라도 뒤꿈치가 바닥에 닿을까 옆으로 구겨 신고 회한으로 칠해진 몸뚱이를, 세월이 잔뜩 찌들은 손으로 문지르며 눈물을 진정시켰다.

할머니가 멀어지는 화면 속에선 마치 할머니의 주제곡인 듯한 구슬픈 음악이 뒷모습을 따라 걸었다. 집으로 가는지, 밭으로 가는지, 아님 바다로 가는지 할머니는 몇 번이고 가던 길을 그만두고 카메라를 향해 뒤돌아 손을 흔들었다. 타이틀 자막의 끝에서 마지막으로 뒤돌아봤을 때 멈춰 선 화면에선 할머니의 얼굴이 클로즈업 되었다. 그토록 해맑게 웃고 있었던 그녀의 모습 뒤로 뿌옇게 비친 손이 대신 울고 있었다.

잘 가라는 안녕의 손 인사는 세월에게 하는 마지막 인사이기도 했다.

Take 30   #

보고 싶은 기억을,
이번엔 놓아 주어야 했다

어느 곳이든, 내 기억이 온전히 남아 주인 잃은 넋두리로 흐르고 있는 곳이 선명히 있을 것이다.

기억을 잃은 건지, 기억을 거부하는 건지 반갑지 않은 혼란이 찾아와 연신 노크를 해댄다. 기억력이 꽤 좋은 나인데, 어쩌면 나 자신도 모르는 사이에 스스로 후자 쪽을 택한 건지도 모르겠다.

잘라내 버리고 싶은 무언가가 있었을 거라 되뇌어 본다.

많은 사람들이 나와 같은 경험을 한 번씩은 해볼 것이다. 그들은 어떻게 그걸 찾아냈을까? 아니, 어떻게 그 기억을 다시 가져올 수 있었을까? 전혀 기억이 나지 않는다. 도대체 내가 잃어버린 그것이 무엇이기에 나에게 거부당한 채 잘려나가 떠돌고 있는 걸까. 기억에 있지만, 다른 것들과 뒤섞여 있어 차라리 잃었다고 생각하는 건지도 모르겠다.

나 말고도 같은 경험을 겪고 있을 사람들이 있다는 것에 어느 정도의 위안이 두통을 덜어준다.

가장 먼저 떠오르는 장소로 가 보았다. 내가 기억하고 싶은 순간은 아주 짧은 단 한순간인데, 당시의 분위기가 느껴진다면 기억도 돌아올 법한데, 말 그대로 분위기만이 느껴졌을 뿐, 어느 순간도 돌아오게 하지 못했다. 마치 희롱당한 기분이다.

다시 발걸음을 돌리며 생각했다. 기억하려 애쓰던 것이 힘들었기에 다시 데려와 자리를 잡아주게 되면 그 기억이 추억마저 아파할 것 같다고. 어쩌면 망각한 채 놓아주어 그렇게라도 어디서든 가버리도록 함이 더 나은 일일 수도 있을 것 같았다.

기억만 탑승한 타임머신. 추억 속에 걸려있던 사람과의 어느 날, 예상할 수 없었던 소통은 문득문득 가슴을 설레게 한다. 어떠한 날들이었더라도 그때의 기분을 서로 나누어 주고 있다. 다시 돌아올 수 없는 그때의 날들이란 걸 너무도 잘 알기에 서로 애써 기억의 곱씹음을 반복하며 산뜻한 몸부림을 치고 있다. 늦은 밤의 추웠던 시간, 회를 팔던 신기한 포장마차, 구석진 자리의 귀여운 성에가 끼어있는 습하지만 푸근하던 냄새. 두서없이 주고받던 이야기들. 아릿함은 홍수처럼 달려오더니 밀려와 앉기가 무섭게 희뿌연 유령의 모습처럼 다시 하나둘씩 사그라져 간다.

그게 바로 예견치 못했던 추억의 매력 아닐까? 아쉬움만 펄럭거려 가루만 흩어놓고 가버리는….

그리움에게로 향한다

Take 31　　　　#
아들의 800원

　내게 힘든 세월은, 어느 겨울날에 겪었던 가슴 아린 어머니와의 한 기억을 떠올리며 버텼다.

　주인집 뒤쪽의 아주 작은 단칸방, 어머니가 심한 몸살로 인해 누워서 꼼짝도 못하고 앓고만 있던 때, 난 잠이 들지 못해 불안에 떨고 있었다. 그런 어린 나이에 느껴진 공황에 질식되어간 생각들은 이윽고, 극도의 상태로 드러나 온몸에 식은땀을 그려내고 있었다. 그러다가 문득, 바로 집 앞에 있던 약국을 떠올렸다. 하지만 이미 그 시간의 약국은 문이 닫혀 있었기에 답답함에 더욱 막막하기만 했다. 그런데도 어림에 어떤 생각이 었는지 나는 무작정 옷을 입고 밖으로 뛰어나가 곧장 약국의 문으로 향했다.

"탕! 탕! 탕! 탕!"

"아저씨! 아저씨! 우리 엄마 좀 살려주세요. 한번만 살려 주세요!"

절박한 마음의 나는 동네가 떠나가라 비명에 가까운 소리를 외치며 셔터 문을 두드렸고, 조그만 손은 추운 겨울 날씨를 견디기엔 무리였는지 금세 빨갛게 얼어 감각이 없어지고 있었다.

"누구세요?!"

그때, 셔터 문 밑으로 불빛이 깜박거리며 켜지는 걸 보았다.

"아저씨! 문 좀 열어 주세요! 우리 엄마가 죽어요!"

나는 더 힘차게 셔터를 두드리며 외쳤다. 셔터 문을 반쯤 연 약사 아저씨는 놀라고 당황한 모습으로 나를 내려다봤다. 나의 얼굴에는 이미 눈물과 콧물이 범벅이 돼 얼어붙어 있는 상태였지만, 여전히 멈추지 않고 주르륵주르륵 흘러대고 있었다.

"누구니? 무슨 일이야? 어떻게 온 거야?"

약사 아저씨는 화들짝 잠이 깬 눈빛으로 다급하게 물었다.

"저기 오른쪽 모퉁이에 있는 집에 사는데요. 우리 엄마가 너무 아파요. 아저씨 저⋯ 800원 있는데요, 약 좀 지어 주세요."

어두워서 정확하지도 않은 집의 방향을 제대로 보지도 못하고 급하게 손으로 가리키며 나는 어머니가 100원씩 주던 걸 모은 800원을 호주머니에서 꺼내어 약사 아저씨에게 얼른 내밀었다.

"그래. 그랬구나…. 꼬맹이 이름이 뭐니? 너 혹시 집 전화번호 아니? 아저씨 좀 가르쳐 줄래?"

약사 아저씨는 나를 달래며 다정히 집 전화번호를 물었다.

"제 이름은 민규예요(내 어릴 때의 이름은 민규다.) 그리고 집 전화번호는 38-5743이요. 근데 나 나온 거 엄마가 알면 되게 혼나는데…"

아저씨의 말이 끝나기가 무섭게 번호를 말했지만, 한편으론 엄마에게 혼나겠구나 하는 긴장으로 울렁거린 마음이 더욱 크게 스며들고 있었다. 조그만 녀석의 안절부절 못하는 모습이 안쓰러웠는지 아저씨는 날 무릎에 앉히더니 양 얼굴을 쓰다듬으며 안심을 시켜주었다.

"괜찮아. 아저씨가 전화하면 꼬맹이 혼나지 않을 거야. 많이 놀랐구나. 걱정하지 않아도 돼."

아저씨는 여전히 날 무릎에 앉힌 상태로 내 등을 계속 쓰다듬으며 차분히 전화를 걸기 시작했다.

"여보세요? 민규라는 아이의 어머니 되시나요?"

　마침, 어머니가 전화를 받은 듯했고, 아저씬 어머니에게 자초지종을 설명하며, 이것저것 물었다.

　"아. 그러시군요. 몸살이 심하신가 보네요. 꼬마는 이제 걱정 마세요. 제가 약을 지어서 아이에게 들려 보내겠습니다. 저도 새벽에 약 짓긴 처음인데, 기분은 참 흐뭇하네요. 약값은 됐습니다. 허허. 그나저나 멋진 꼬마 아드님을 두셨습니다. 너무 나무라지 마세요. 제가 다 감동했습니다. 약 잘 드시고요."

　아저씨는 기분 좋은 표정으로 전화를 끊고 이런저런 지나가는 농담들을 해주며, 얼어버려 퉁퉁 부어있는 내 손을 따뜻한 물에 천천히 녹여 주었다. 그리곤 약을 지어 손에 꼭 쥐어주면서 어머니에게 약 꼭 잘 드시란 말을 전해달라는 당부를 했다.

내가 집에 돌아오자 어머니는 방 한구석에 기대어 앉아 나를 애처롭게 바라보고 있었다. 난 그래도 혼이 날까 무서워 쭈뼛쭈뼛 다가가 약봉지를 내밀었다. 내 약을 받아 든 어머니는 우리 아들… 너무나 고맙다며, 엄마를 지켜줘서 고맙다며 나를 부둥켜안고 한참을 울었다. 나도 어머니의 우는 모습에 왠지 안심이라도 됐는지 괜한 설움에 같이 울음을 터뜨렸다.

이 이야기는 내가 죽을 때까지 잊을 수 없는 가슴 한쪽 언저리 구석에 앉혀진 짧은 단편의 부분이다. 그날의 모습들과 낮의 뒤편으로 물들어 가며 오고 갔던 따뜻했던 말들까지. 함께 누워 부르던 Clementine 보다 더….

이런 기억으로 버텨내면서 나는 어머니를 그리도 그리워했다. 어쩔 땐 떠올릴수록 내 가슴속에 저려움이 가득 차올라 있어서 비워줌을 거부해버리기도 하여 서글프게 휘청거리는 기억 속의 어머니. 그래… 그래도 그때 그 시간의 액자 속으로 보여지는 선명함은 아름다운 것이라 여기며 옅게 입꼬리를 올려본다. 반면에 깊게 몸을 숨겨버린 화석의 숨결 같음이기도 하다.

가난한 단칸방의 삶. 어머니의 바쁜 날엔 친척집을 전전했어도, 그래서 그런 방조차 가끔씩 올 수밖에 없었어도 나는… 그 방에서 보낸 어머니와의 시간과 잠깐 동안만 머물게 되는 서운함의 계절나기도 그렇게나 벅차게 행복했다.

Take 32   #

Memory of Pink Cassette Tape

국민학교라 불리던 시절의 1학년. 여장부인 어머니가 어마어
마하게 바쁘던 날들 중 하루. 어머니의 미팅에 따라나섰던 나
는, 어머니의 차에서 흘러나오는 무수히 많은 팝송들을 접할
수가 있었다. 한참을 듣다가 어머니가 가요를 듣자 하시며 테이
프를 교체하려 빼낼 때 거기에서 분홍색 카세트 테이프 하나
가 나왔다. 그때 처음 스티비 원더와 마빈 게이, 제랄드 졸링,
조 카커, 라이오넬 리치를 만났다.

발음도 잘 되지 않는 조그만 아이에게 'I JUST CALL TO
SAY I LOVE YOU'란 노래는 한동안 아이의 18번이 되었고, 친
척들 앞에서 노래를 해야 할 때면 어김없이 그 노래를 불렀으
며 앙코르 곡은 김종찬의 '사랑이 저만치 가네'였다.

그 분홍색 카세트 테이프는 그렇게 내게 음악을 알게 했다. 어
머니의 차를 스튜디오 삼아 언제나 그 안에서 한글로 발음을 써
가며 노래를 불렀고, 멜로디의 아름다움과 예쁘기도 하며, 때로

는 과격하고, 때로는 화려한 편곡들이 합쳐져 하나의 곡으로 어우러지는 소리들은 어린 나이에도 눈에 초점을 잃고 멍하니 한 곳을 뚫어져라 응시하게 되는 미칠 듯한 감동이었다.

어머니의 분홍색 카세트 테이프. 그걸 잃어버렸던 고등학교 2학년… 아마 세상에서 제일 서럽게 울지 않았었나 싶다.

지금과는 달리 레코드 가게가 많았던 시절. 매장에 들어서서 무심코 지나치다 공 테이프가 분홍색인 것만 봐도 가슴이 미어졌다. 어머니와의 가장 행복했던 때의 추억이 고스란히 머물러 있던 유일한 연결고리였기 때문이었다. 그 안의 팝송들은 많은 시간 동안 현재까지도 내게 많은 영향을 끼치고 있다.

그리고 이젠 어머니보다 더 커버린 내가 어머니께 그 추억들을 다시 들려 드리고 있다. 어머니도 나와 함께했던 그곳의 시간들을 부디 잊어버리지 말아줬으면 해서.

Take 33   #
멀리 있어도, 면 곳이라도,
난 네 곁에 있다

시간이 지나면서 많은 날을 있어보진 못했지만, 내가 머물던 곳에 네가 있어 정말로 좋다.

아니, 좋다기보다 참 다행이다. 곁에 없음이 안타까워도 마치 내가 너를 보호하고 있는 것처럼 여겨지니까.

때론 시간을 돌려 네가 있던 먼 과거에 가보고 싶단 생각을 한다. 작지만 같은 모습으로, 같은 웃음으로 더 어리고 순수한 미소를 해맑게 짓고 있는 모습을 보고 싶다.

멀리 떠나보면 진정 곁에 있었으면 하는 사람이 누구인지 확실히 알 수 있다고 한다. 정말이지 깊숙이 닿아 절절히 주입되는 말이다.

불과 몇 시간의 거리… 같은 하늘의 달을 볼 수 있는 멀지 않은 거리인데도 마른 눈물에 휩싸여 섞여버린 그리움은 무심하게 넘실대는 파도처럼 밀려와 덩그러니 놓여있는 육신을 향해 빠르게도 철썩인다. 바다를 건넌 먼 나라에 있지 않아도 이럴

진데, 정작 멀고 먼 곳으로 잠깐이나마 떠나보면 얼마나 더 뭉클하게 네 손을 잡고 싶을까.

축복의 비가 내리는 날. 서로의 손을 포개어 카메라에 완벽히 정지된 그 벅차오른 둘만의 시간을 담아 우리라는 이름으로 물결치게 될 순간을 맞이하길 기도한다.

칵테일이 된 시간. 도시 곳곳의 가로등이 숨 쉬며 깨어날 시간. 비추는 자리마다 예쁘게 반짝이는 노란 물이 든다. 가로등 불빛은 그렇게 몇 시간 뒤엔 밤이 잠들 투명한 새벽을 예고해 줄 테지. 내가 잠이 덜 깬 몸을 늘어트려 기지개로 눈을 뜨면 모습을 달리하는 아침이 창가에 와 있을 테고.

황혼이 은은한 가로등의 저녁부터 하얗게 빛을 내린 나직한 아침까지가 꼭 마치 예쁘게 색이 섞인 칵테일 같아.

Take 34   #
하루의 끝엔 악몽이 문을 연다

햇살이 살짝 가려져 너무 뜨겁지 않은 선선한 날. 한 움큼의 상상을 쥐고 몸을 이리저리 옮겨 본다. 그렇게 포근한 오후에 기대어 오로지 상상만으로 웃음 짓는 미소를 한껏 피워내고 있을 때, 시릴 만큼의 찬바람이 불어와 나의 지금이 어떠한지 도로 갖다 놓는다.

밤이 되면 더 지독한 부름을 뱉어낼 입술을 만지작거림이 떨려온다. 두려워진다. 내 오열함에도 아랑곳없는 마음은 이렇게 계속 따로따로 살아가려나 보다.

하루는 언제나 그런 식으로 마지막을 비추곤 남김없이 전부를 앗아가 버린다. 이불을 뒤집어쓰고 꼭꼭 숨겨놓은 사진 하나를 꺼내어 쓰다듬어 속삭인다.

"사랑해."

오늘밤도 어김없이 내 의지와는 어깨를 나란히 할 수 없는 잠듦의 악몽을 맞이하여 놀람에 깬 숨을 헐떡이는 시선으로 갓 동이 트는 진한 푸르름의 시간까지 기다려야 한다. 네가 나왔던 꿈이었던 터라 악몽의 시간마저도 붙잡고 붙잡아 마음대로 드나들도록 문을 내주어야 할 것이다.

다시 찾아오는 윤기 없던 시간의 끝마디마다 매일 이렇게 반복되어도 상상 속의 환희를 잊지 않고, 같은 미소로 길을 내어 너를 기다린다.

Take 35   #
네가 되어가는 과정

진심은 통한다고 하지만 진심은 어디론가 자꾸 빨려만 들어가 실체를 드러내지 않아. 전하는 매 순간마다 다 타버리는 건가? 가까이 가보질 못했으니 다다라서 펼쳐지지도 못했을 거다. 전해지지 못했기에 난 한번도 전해본 적이 없는 것과 같이 되는 것이다.

이상하게도 시작은 없었는데 끝은 있는 것 같은 느낌이었다. 감당되지 못하는 처절함이 쌓여 구역질이 났다. 자꾸자꾸 걸러서 역류하는 토악질에 거칠게 생채기를 내며 흉터로 생긴 움푹 패인자리마저 예뻐 보일 수 있을 만큼의 새것 같은 형태로 자리하고 있어야 한다. 너로 살아가기 위한 형태가 바뀌어 가는 과정 안에 있는 고통인가 보다. 그게 맞는가 보다. 그랬다.

문득 꿈을 보다가 정신이 몽롱해질 만큼이나 다정하게 들려왔던 대화들을 단 한 번조차 안주해서 받아들일 수 없었다. 충분히 그럴 수도 있을 법한 달콤함이었다.

하지만, 꿈을 환상 속에 놓고 싶지 않았다. 쉬이 그런 환상에 빠져 자만에 거들먹거리는 착각을 스스로도 수용해주고 싶지 않았기 때문이다. 그렇게 되면 내 꿈은 그런 식으로 점차 제거되어갈 것이 명백하기에 두렵기도 했다.

반드시 난, 시간이 정해지지 못할 그 막연한 언젠가는 그녀의 온전한 웃음을 봐야 했기 때문이다.

Take 36   #
이른 아침, 외출 속의 대화

"난 가끔 차를 타고 가다 보면 길가에 풀들을 베고 난 뒤의
냄새가 그렇게 좋더라."

"잘려나간 풀들의 상처가 남긴 그 풀들의 향기죠. 슬픈 향
기…."

"그래도 죽진 않았잖니."

"죽지 않았으니 진한 향이 나오는 거죠. 내가 이렇게 잘려나
가 아파도 내 모든 걸 전한다는 것처럼…. 뿌리까지 뽑히게 된
다면 잠깐의 강렬한 향을 뿜은 후에, 그때 진짜 죽게 되겠죠.
어찌 되었건, 향은 꼭 남겨주죠."

"네 사랑도 저 풀들처럼 그러하니?"

"네. 그래요. 죽지만 않는다면 수없이 많은 상처와 아픔이 반복된다 해도 전해짐만으로 견뎌야죠. 감싸 안아주기를 바라는 건 목이 메어서 미처 나오질 못하는 말이에요. 풀들과 다른 점이 딱 하나 있는데, 풀들은 여러 사람에 의해서 잘려나가 풀내음을 전하지만… 나는요, 나를 깊이 베어내는 것도, 내 마지막을 거두는 것도 꼭 그 사람이길 바라요. 내 향은 그 사람에게만 전해질 수 있다고 믿고 있거든요."

Take 37　　　　#
안도의 연결음

한참을 잠겨있었던 그 사람. 나의 어떠한 기도도, 어떠한 말들도 여러 가지의 침울함과 우울함의 이유로 모두 부정적일 수밖에는 없기에 무언의 소식이라도 들어보려 전화기의 통화 버튼에 진정되지 못한 손가락을 대어본다.

'전원이 꺼져있어…'

가슴이 이리저리 부딪히는 듯 심하게 출렁거리다 순간 철렁 내려앉는다.

무슨 일이지? 전화기가 꺼져 있었던 적은 없는데… 어째서… 좋게 생각하자. 배터리가 방전이 된 걸 잊었을 수도 있잖아.

한참을 느리게 흐른 시간에 다시 통화 버튼을 만진다. 통화 연결음이 흐른다. 연결음의 시작과 동시에 얼른 종료 화면을 누른다.

'아, 켜졌구나. 별일 없는 거겠지? 끼니는 잘 챙겼을까? 뭐라
도 먹어야 할 텐데….'

안도와 걱정은 어지간히 멈출 줄 모르고, 초조한 아빠라도
된 모습인 것마냥 꽤 오랫동안 안절부절 못함만을 반복한다.
그래도 가슴을 쓸어내리며 제일 반복되고 있는 심정은….

'당신, 살아 있구나. 고마워. 감사해.'

뚜렷하지 못할지언정 이것 또한 기적의 하나.
그래. 이러함도 어쩌면 기적이다. 너를 위해 무언가를 준비할
수 있다는 것도 기적의 일부에 있는 것이다. 그 기적에 눈치 봄
없이 벅찬 마음으로 곁눈질 할 수 있어서 오늘은 기쁘다.

Take 38　　#
유령의 악몽

　시간 속에 잠겨있던 걸음의 뼈마디들이 욱신거리며 뒤틀린다. 분명 둔탁해야 하는데 이내 흐드러져가는 야윈 소리만이 방구석을 헤매고 있다.

　분명 같은 시간이다. 다를 거라 기대해 본 적은 없지만 그래도… 하며 다른 공기를 찾아 쥐려 했다. 24시간 동안 그려져 있는 하루는 매일 똑같이 예의바른 모습은 아니다. 내 삶으로 박혀있는 당연함에도 불구하고 그런 나를 몰래 기웃거리기라도 하듯 심히 낯설다. 때때로 그런 날이 있다.

　그런 날에 잠자리에 들기까지 억지웃음이 반이고 이유를 알 수 없는 짜증이 반이다. 하물며, 내 의지의 꺾임은 반 이상이다. 발걸음을 재촉에 가까울 정도로 억지로 끌어 반듯한 순간들을 돌보지 못한 탓에 헛구역질로 인한 가여운 시간들을 이내 토해낸다. 버려진 것이다.

시간에, 세월에, 가라앉는 그림자에게 눈을 돌려보며 손짓한다. 내 삶의 모습이 채워줄 수 없는 눈물들을 불러보려 해본다. 뚜벅뚜벅 무심코 발도 떼어보며 모든 곳에 깃들어진 고통과 희망, 보고픔과 허탈함의 연장선, 포근함과 미칠 것 같은 미움, 포옹과 먹먹함을 곁에 두려 해보았다. 그런 뒤, 지금의 그들이 살아가는 시간에 나를 툭 앉혀놓았다.

지금처럼 그전에도 그랬던 적이 있다. 강제적이었기에 지금과는 확연히 다른 심한 낯설음들이었다.

존재 자체를 인정받지 못했던 유령. 지금까지도 최고의 악몽이라 여겨지는 그때다.

Take 39   #
푸석한 울음

흘러나와 따라부르는 노래들. 찾아 듣는 노래들. 그 어떤 것
도 위로 삼아 눈물을 흘려볼 수도 없다. 애초에 내가 그 사람
과 어여쁜 연인이 되어보질 못했기에 흔한 사랑의 이별 노래조
차도 불러보질 못하고 있다.

연인의 헤어짐이었다면 실컷 부르다 지치고, 실컷 듣다 울어
보기라도 했을 것을…. 노래를 듣는 중에 가사 속 이별의 내용
마저 부러워지고 있다. 아무리 가상의 내용이라지만. 그나마
연주곡만이 내 발걸음과 내 눈길을 함께 해주고 있다.

'한번만 담게 해주지. 단 한번만…'

내 노래 소리에 답가라도 하듯, 종일 하늘에서 노래가 내려온다. 거칠기도 하면서 촉촉하게.

다시 받아 무언가 내뱉는 나의 답가는 노랫말이 없는 '어 억 엉엉' 하는 단음의 푸석한 멜로디.

그래. 눈물은 그렇다. 눈물은… 가슴을 실컷 헤집고 다닌 후에야 멍울이 터져 밀려나와 흐름으로 바싹 타 들어간다.

Take 40 #

미친

사랑은… 단순히 애인이 되는 차원을 이미 넘어서야 하는 것
이다. 어느 누가 미친놈이라 입을 놀려대도 상관없다 여기는 것.
원래 사랑은 그렇게 미쳐야 하는 것임을 알고 있다. 어쩌면
미쳤을 때라는 건, 있는 그대로의 상대를 사랑할 수 있는 방법
중에 하나인 것이기도 하겠지. 또한 그건 제대로 된 자격을 갖
추고 있다는 뜻. 그리고 사랑에 있어서 미쳤다는 말은 너무나
아름다운 말…

"난 이제 당신을 이해하려 하지 않아요.
나쁜 말은 아니니 오해는 말아주세요.
당신을 당신으로 흠뻑 품어가는 것에 있어
굳이 이해라는 항목은 필요 없다고 느꼈을
뿐이니까요."

Take 41   #
미안한 미안함

당신에겐 별거 아닌 빛바랜 담요처럼

초라해 보였을지 모릅니다.

그래서일까요?

정성스레 덮어주고 있음에도 정작 가슴속은

그렇게 늘 안타깝기만 했습니다.

하지만 나는… 당신에게 거짓을 전한 적이 없습니다.

그저 내 가슴에 당신이 있어서 미안하기만 합니다.

#Scene 5

그리고 눈물은

인사를 나누고

Take 42
기적은 위태롭다

기적이라 느끼는 감정은 벅차오를 때 생기는 선이 아니다. 기적은 언제나 선명하지 않은 불안으로 엮여있다. 사람들은 기적이 온 순간, 말로는 표현하지 못할 환희에 젖어 드는 동시에 무언가 알 수 없는 불안함에 휩싸인다. '지금의 이 기적이 일시적인 기쁨은 아닐까?', '이러한 기적이 좀 더 오래 곁에서 숨 쉬어 주면 얼마나 좋을까.' 하면서.

그러한 애달픈 마음이야 나 역시도 마찬가지고, 어느 누구나 바라는 바이기에 부여잡고 곁을 떠나지 못하게 하고 싶은 촛불 킨 염원 같은 것이다. 어쩌면 그건 기적을 체험하기 전에 이미 간절하고도 불안한 입방정을 떠는 것일지도 모른다.

그렇게 기적은 위태로운 거다. 늘 그래왔고, 세상 모든 것이 바뀌어도 절대 불변인 것. 모습조차 드러내지 않는 마음의 지푸라기로 살아 있는 것이다.

기적이 찾아왔을 때 기쁨의 감사는 물론 받아들인 그 순간부터 지켜나가기 위해 애쓰는 노력이 우선 먼저여야 할 것이다. 지켜가면서도 불안해 한다면 화를 내서 떠나는 것이 아닌, 너무나 우리를 배려한 나머지 '곁에 머물면 안 되겠구나.' 하며 홀연히 사라지고 만다. 그만큼 기적은 여리다.

기적은 부정이 없는 기쁨의 모든 것을 가지고 있다. 기적이라 말하는 제일 최고의 것은 바로… 사랑. 사랑의 기적은 천진한 아이의 눈물처럼 맑게 스며들어 하나의 마음을 또 하나의 마음에게 밀어내 살며시 소리를 울려 준다. 불안은 접어두고, 끌어안는 것이 바로 소리를 올바르게 건네는 울림의 시작이 되어간다.

기적이 사랑의 형태를 갖추어 다가오는 것은 극히 드문 일이다. 조용히 그대에게 문을 두드린 데에는 분명 특별한 이유가 있기 때문이다. 설명이 필요치 않은, 그대만 아는 바로 그 무엇.

Take 43　　　
두 눈엔 언제나

어딘가에서 보고 있다고 믿고 있을 것이다.

뚜렷한 내 모습을 두 눈으로 확인할 순 없어도

곁에서 내가 감싸고 있는 걸 보고 있다 말하고 있을 것이다.

나 역시 애끓는 현재에 살지만, 보고 있다고 믿는다.

내 눈 앞에 지금 넌, 뿌옇게… 있다.

그렇게 '믿어주었으면…'이라 하며

그렇게 믿고 있다.

사랑한다고 말하고 싶은 새벽을 재우는 이른 아침.

오랜 시간 걸린 설렘.

새하얀 침대에 포근히 엎드려 맞이했었던 햇살.

잘 잤니?

Take 44   #
발길의 풍경을 담은 발자국,
입구 앞에 서성인

어떠한 준비도 필요치 않았다. 그저 시선 따라 내밀어진 발
길이 미치는 대로 한발씩 옮겨가 본다.

모든 풍경이 그림 속에서 살아 움직이는 것 같은 색감들을
뿌려대고 있다.

경운기에 걸터앉아 막걸리를 마시는 할아버지와 옆에서 이것
저것 안주를 챙기는 할머니의 손길. 똑같은 밀짚모자를 쓰고
서 똑같은 표정으로 서로에게 웃음을 비춘다.

비가 추적추적 내리는 한적한 길가엔 꽃들도 서로를 끌어안
는다. 연인의 어깨가 젖을세라 좁은 우산 틈으로 서로를 품에
꼭 감싸고 걷는 모습들. 사탕을 입에 물고 그런 빗속을 신나게
달리는 어린 아이들. 조금은 느린 왈츠가 어울릴 듯한 아름다
운 그림들. 무언가 비어 있는 듯한 허전함.

어디로 향하는지도 모르는 발걸음은 눈망울에 아릿함을 선물한다. 기다리는 그리움을 전하는 기도만으론 채울 수 없어 걸음에 걸음을 계속 얹는 중이다. 걷다 보면 조금씩 가까워져 그토록 허전하던 그림 속에 당신이 입혀질 수 있을 테니까. 그래야 발자국은 당신의 입구 근처라도 가볼 수 있다는 것도 잘 알고 있다.

그래서 걷는 거다. 가깝진 못하지만 맴돌 수 있는 곁이라도 어떠할까 하는 마음에….

정해진 것과 예견된 것은 아무것도 없다.

난 당신에게 곧게 뻗은 고속도로이고 싶지 않았다. 목적지는 명확하겠으나, 순식간에 덧없이 지나치는 탓으로 자칫 하나라도 더 놓치는 일이 없어야 한다고 믿었다. 하여 난, 당신에게 국도와 같은 길이 되길 바랐다. 멀리멀리 지루하게 돌아가는 길일지언정 포근한 사진처럼 놓인 풋풋한 길가의 안내로 그동안에 느릿느릿 만나 지나가는 풍경들을 감상하며 어루만져주는 여행 같은 길을, 바로 나란 놈이 남겨줄 수 있게 되는 걸 상상하고 열망했던 적이 있었다.

그것뿐이었다. 더는 무엇도 없었다.

더 이상 무엇도 없었다는 것이 문제였을까? 야속한 세월은 더 보고 싶었나 보다. 짓궂게도 나를 덥석 물어 흔들었으니…. 그렇게 출발한지 얼마 되지도 않았건만 여행은 되어주지 못했고, 흐릿해진 풍경 속에마저 들게 될 겨를없이 가려져 차마 알아보지 못해 복받치는 희뿌연 눈물의 그림자로 머물러야 했다. 그리고 아랑곳없이 그 끝의 그림자는 어느덧 점점 길어져 갔다. 당신과 내게서 삭제되어버린 공간은… 무서웠다.

당신은 50번째부터 나의 문자 메시지를 저장해 나가기 시작했다고 말했다. 당신과 내가 첫 키스로 떨리던 날, 나는 당신이 매일 밤 잠들기 전 몇 번이고 나를 애타게 부르며 안고 그려왔음을 알았다. 며칠씩 보고 있지 않아도 생생하게 전해져 왔다. 애잔함의 끝에 이루게 된 그런 키스였기에…

지금, 그때의 키스로 스미던 숨결이 이제 더는 없다. 주름진 한숨에도 잔영으로 퍼져 고집으로 겨우겨우 수놓아 이어지고는 있던 숨결. 어찌해 볼 도리도 없이 어지럽게 떨리더니 당신과 나는 이내 끊어졌다. 오래됐다. 까마득히 먼 두 해가 지났다. 당신의 숨결이 멈춰 버린 지가. 가늘게 피어오르는 떨림도 없이….

한순간 어디로 빨려 들어간 걸까. 내 것이었던 숨결은….

당신이 가지고 있니?

공기 속에 바래져 간 당신은 전보다는 조금만 멀어진 공기 속에 연기되어 소복이 유랑한다. 그런 당신을 맡고 있는 들이 쉼이 심히 뻔뻔스럽다. 오로지 날숨만이 가능하다면 기어코 마땅한 구실이 되고 싶다.

당신의 죽음으로 남겨진 나에게, 해와 달이 뜨고 지는 날들도 죽은 시간으로 저물어 흐른다. 이런 시간이란 걸 알았다면 나 역시도 없는 것이 나았을 것을….

　반쪽으로 남아 다른 반쪽의 흔적을 매일같이 꿈속에서 찾아
내 질끈 꿰매어 여민다.

　우린, 같이 남아 거짓말처럼 안고 있어야 했는데….

　오직 이곳에서.

Take 45　　　#
그러한 걸음

등이 시려옴에 화가 난다. 숲길이라 낮은 금세 잘려나가 그간의 평온함은 감추어 졌다. 길바닥에 괜스레 발을 탕탕 세게 쳐댄다. 익숙한 어둠이건만 아직 단 한번도 너를 곱게 보여준 적이 없다.

그래서 더 화가 나는 것일지도⋯.

흐림이 짙은 하늘 때문인지 걷고 있는 길의 주위는 멈춰진 듯 고요하기만 하다. 곧이어 어김없이 안개가 자욱이 퍼져나간 식별이 어려운 어둠 속. 걸음을 재촉하지 못하는 아쉬움 탓에 지쳐버린 몸은 힘없이 늘어지고 말았다. 그래도 길을 잃을 염려는 없다. 어느 곳인지 모르는 컴컴한 속을 더듬더듬 밀어내며 떠돌고 있지만, 어떻게든 내 길이 나오게 되어있을 거란걸 알고 있다.

Take 46   #
버스정류장의 품에서

조용한 시골길의 벽돌로 만들어진 조그마한 간이 버스 정류
장은 아침이 시작되는 새벽의 끝자락이나, 오래된 세월에 지쳐
일정치 못하게 떨리는 누런 가로등 빛이 피곤에 역력하게 내려
진 어두운 저녁엔 외로운 모습이 더욱 진하게 드러난다.

길을 가다 쉬기로 마음먹었을 즈음, 그 작은 정류장의 그런
모습은 지금의 나를 닮아 보여 그 황량한 외로움 속에 외로운
몸뚱이를 던져 넣었다. 끊어진 같은 것끼리의 위로가 될까 싶
어 벽돌의 차디찬 기운을 쓰다듬어 본다. 아니, 어쩌면 나의 일
방적임으로 부둥켜 안고 있음이 맞을지도 모르겠다.

노선을 가리키는 글씨들마저 부분부분 형태만이 겨우 붙어
있었지만 숨은 끊어진 지 이미 오래다.

간신히 붙어 나풀거리는 내 마음 조각도 저렇게 될까? 아니면 곱게 숨을 거둘까?

- 쉴만해?

- 응.

- 이렇게 된 지 오래됐니?

- 오래됐지. 까마득하네.

- 여기… 정차하는 버스나 사람들은 없는 거야?

- 응. 이젠 오지 않아. 아무도. 간간히 너처럼 잠시 앉았다 가는 사람들은 있어.

- 오늘… 자고 갈까 해.

- 내 자린 좀 추울 텐데…. 알다시피 이리 된 지 오래됐거든. 또 새벽엔 내가 많이 울 텐데 그럼 곤히 쉬는 너에게 미안하잖아.

- 알아. 그래서 이 하룻밤을 더 버리고 싶은 거야. 나도 너와 같다는 건 이미 알고 있을 테니까. 괜찮아. 난 그래도 네 품에 있잖아. 실컷 울어보자. 같이 목 놓아 울면 더 많이 하얗게 스러져 꺼져가지 않을까?

- 괜찮다면 내가 더 크게 울어볼게. 오늘 앉아준 널 위해서. 넌 날 더 꼭 안아줘.

벽에 기대어 손끝에 대어본다. 온기가 남아있던 벽은 금세 식어 차디찬 한숨만이 내뿜어진다.

정류장은 울음소릴 내지 않는다. 식을 대로 식어 내뱉는 무거운 향기만이 녀석의 한들거리는 소리를 대신할 뿐이다.

덕분에 먹먹했던 가슴이 터져나와 곪은 소리가 난다. 메어서 차마 삼켜버린 소리. 가로등 불빛이 떨린다. 정류장의 한쪽 구석, 찢겨진 낡은 돌 틈 사이로 낡은 호흡만이 이어질 뿐, 잔인한 생의 휘어짐에 고개를 들지 못하는 힘에 겨운 이름 모를 풀잎 하나가 나를 붙잡는다. 다가가 조심스레 받쳐주려 손을 뻗을 때, 참고 있던 울음을 터트리듯 글썽이며 맺혀 있던 이슬을 떨구어 내 손등을 닦아준다.

- 너도 울었니?

Take 47   #

그래서 그래요

사진을 바라만 보고 있는 게
얼마나 힘이든지 알아요?
말하겠죠. 그냥 보지 말라고.
그런데, 보지 않고 있는 것이 더 아프기에
보고만 있는 것 또한 같음으로 아픈 거라고
말하는 거거든요.

Take 48   #
오열의 과거

맑아진 날의 개울가에 발을 담그면 머물다 작별했던 시간들이 물속의 돌들 하나하나에 비추어진다.

머뭇거렸던 불안함. 피폐해지기도 했던 용기와 경멸의 불신. 기가 막히게 치밀하던 도돌이표.

심어놓은 예쁜 나무를 스스로 훼손시킴을 반성함이 없이 더 매몰차게 파괴시킬 수밖에 없었던 결핍의 계절들 안에서 겨우겨우 거친 숨을 몰아쉬었다.

그렇게 놓아버림을 굳이 애써 찾으려 하지도 않았던 미련한 시간들이 있었다. 찾으려 하지 않았던 건 시작된 순간부터 썩어가고 있다는 걸 너무 일찍 알아차려 버렸기 때문이었다. 그래서 어차피 모든 것이 썩는 모습들만큼은 제발 늦게 알아가길 바랐다.

　스스로의 어리광은 용서가 결코 쉽지 않다. 그냥 지나는 시간. 그건 내 상상 속에서조차 머물게 할 수 없다. 힘이 들 무렵 심중으로 뭐든 들어올 수 없었기에 더더욱 집착하다시피 문장에 몰두 했으나, 마음의 언덕 아래에 묶여 미동조차 하질 않았다. 아예 대놓고 슬퍼하자 속 안쪽이 티 나지 않게 조금씩 동정의 염려로 차오르기 시작했다. 글은 조금 더 솔직해지는 형상을 띠게 됐고, 내려놓음의 경지는 근처도 가보지 못해 애쓰는 과정이 어색했지만, 내가 내 자신과의 대화를 나누는 시간 또한 길어졌다.

　조급함은 미세해졌으나 여전히 가슴에 망치질을 해대며 더 좋은 문장을 새겨야 하고, 삶이 이루어져야 한다는 일종의 불안에 휩싸인 사명감이 들썩인다. 달랠 줄 모르는 마음가짐이 옳지 못하단 걸 뼈저리게 잘 알고 있다. 적절한 자제가 필요한 시점이다. 이건 필시 어리광이 분명하기 때문이다.

노래를 만들어도, 문장을 써 내어도, 지금 온통 질투로 가득 찬 시기심뿐이다. 정성은 여느 때와 다름없이 조심스레 쓰다듬어 곁을 선회하는데, 내 마음이 그걸 따라가지 못하고 있는 것이다. 나란히 맞붙는 일은 이미 언감생심(焉敢生心)이다. 다스리지 못해 마음이 용서하지 않는다. 달게 받아야 한다. 하다못해 대단한 걸 이루어내고, 경이로운 일을 해냈던 사람들도 더 나은 걸 해내고, 찾으려고 한다. 만족하는 순간 모든 게 끝난다. 작게 빛나는 사소함 같음이라도 무력하게 정지되지 않는 삶 속으로의 비옥한 느낌을 만들어 가야 한다. 다음 세상에 다시 인간으로 태어나리란 보장은 절대로 없다.

Take 49 #
구걸

어쩌면 내가 전하는 모든 것은 전함이라 해도

그대에게 이르는 황폐한 구걸 일지도 모른다.

꿈은 진작부터 꾸고 있었으니 거기에 희망만 있으면 된다가

아닌,

그저 희망이라도 힐끗 얼룩져 주었으면 하는 무릎 꿇은 막연

한 구걸.

간절함의 또 다른 이름.

Take 50   #
그 날의 할머니

얼마만큼 걸었을까? 무더운 계절에 있을 법한 언덕의 아지랑이조차 회색빛 날씨에 제 모습을 숨겼다. 초록이 번진 안온한 숲길을 내려와 도롯가의 외진 길을 걷고 있을 무렵, 멀리 뒤쪽에선 몸이 불편한 할머니가 전동 휠체어 같은 것을 타고 천천히 다가오고 있었다. 어느새 내 가까이로 다가선 할머니는 날 유심히 한번 훑어보더니 이내 평온한 눈빛으로 웃어주며 말랑한 초콜릿 하나를 건넸다.

- 젊은 사람이 차도 없이 왜 걸어다녀? 아, 차 없어?

- …네. 차 없습니다.

- 그려? 희한하네. 그럼 차비도 없어서 이 험한 길을 걷는 거여? 내가 차비 줘?

- 아닙니다. 그냥 걷고 싶어서 그러는 거예요. 집에 가시는 길이세요?

- 으응. 마실 갔다가…. 밥은 먹었는가?

- 조금 가다가 먹죠 뭐. 아직 생각이 없네요.

- 그나저나 왜 걷는 거여? 그냥 뭐 배낭여행인가?

- 여행은 아니구요. 그냥 좀 걷는 겁니다.

- 그려? 집이 이 근천가?

- 아니요. 좀 멀리서 왔습니다.

- 어딘데? 어디에서부터 온 거여?

- 산청이요. 경남 산청.

- 와. 멀리서도 왔구먼. 거기서부터 걸은 거여?

- 네…. 그렇게 됐네요.

- 여행도 아니고 그냥 걷는 거면, 뭐 잃어버렸구먼.

- ······.

- 힘들제? 사람 그리는 거.

- ······.

　- 걷고 싶은 만큼 걸어봐. 사는 게 그려. 맘대로 안 되는 거 같아도 맘대로 안 된다고 여기는 것도 어떻게 보면 맘대로 생각하는 거잖어. 그 상대가 누군지는 몰라도 자네가 이렇게 걸으면서까지 그리는 마음이면, 살다 보면 언젠가 꼭 마주보게 마련이여. 믿어봐. 우리 손주 같아서 그려. 만날 집에 가는 길이 심심했는데 덕분에 잘 왔네. 잘 가시게.

　할머니와 그렇게 헤어지고 그 자리에 주저앉아 울어 버렸다.
　처음 보는 할머니였다.
　세상의 모든 걸 다 맞아가며 살아온 연륜이었을까? 처음 본 할머니는 처음 본 사내에게 모든 걸 다 알고 있다는 듯이 말했다. 그래서 더 서러워 울어버렸는지도 모르겠다.

참으로 세상에 별일이 다 있구나. 혹시 귀신이 아니었나 하는 착각도 들었다.

그래도 초콜릿은… 달았다.

처음 본 그날의 할머니의 따뜻했던 위로처럼.

그래. 난 나를 끝내버리고 당신을 기억하기 위해, 그려내기 위해 이토록 이 길에 매달려 바닥의 눈물을 훔치고 있는 것이다. 우연히 갑작스레 나타난 그 할머니는 어쩌면 스스로의 위태로운 마음이, 나의 그런 그리움이 분출되어짐에 안타까워 지나칠 수 없었던 당신을 꼭 닮은 설움이 내어준 선물이었으리라.

중요한 건 내가 딛는 지금 이 걸음은 여행이 아니라는 것.

그저 없애고, 향하는 것일 뿐.

미소에 스며들어

설움의 곁에 앉아

Take 51 　#
Daisy

　거짓으로 다가갔던 사랑은 미소와 그리움을 낳게 했고, 묵묵한 침묵 속의 진심 어린 지킴의 사랑은 거짓사랑의 목마름을 곁에서 받아내며 조금씩 소멸되어 갔다. 할 수 있는 건 보이지 않는 곳에서 사소한 무엇이라도 더 슬픈 표정을 짓게 하지 않는 일. 알아보질 못해도 꼭 해야만 하는 일.

　견디기 힘든 아픔은 웃음을 더욱 갈망하게 한다.

　두 번 다시는 너에 관해선 그리움만 가지곤 쓰고 싶지 않다고 수백 번 마음먹어도, 어느새 눈물은 마른 잉크를 대신하며 가슴에 휘갈겨질 펜을 찾는다. 찬 이슬을 머금었던 숲의 잎들이 하늘에 애가 타 이내 울먹인다. 이미 엎질러진 그리움은 버리고 버려두어도, 이리저리 뒹굴다 이따금씩 기웃거려 눈치만 살핀다.

　그래, 몇 번이고 다시 불끈거려라.

　진심을 두르고만 있다면.

이렇게 흠집 난 내 마음에게 내가 진다. 다행인 건, 흔하디 흔한 진리도 때에 따라선 절대적인 진리의 갑옷을 입게 된다는 것이다. 거짓은 버려지면 그걸로 처참해져 완전 끝이나 돌이킬 수 없지만, 진심은 수없이 반복되어 내쳐지고 갈기갈기 찢겨지는 초라함을 비춘다 하더라도 어디든 진심이 흘려놓은 당시의 눈물자국이 보잘것없는 티끌로나마 남아있는 한, 언제나 쥐도 새도 모르게 곁에 와서는 뭉클한 숨을 내쉬어준다. 계속. 계속. 계속….

때때로 아프게 다쳐서 상처의 무심함 속으로 빨려 들어가 허우적거리기도 한다.

그러나, 의외로 진심의 눈물은 고집이 세다.

Take 52   #
설움도 믿어 본다

서럽다. 수없이 자취를 남겨 놓았건만, 불안한 마음에 돌아본 자리는 그 불안함에 실망을 주고 싶지 않은지 당연한 듯 손길도 발자국도 계속해서 지워지고 있다. 그래도 '향하는 이'라는 정체성을 잃지 않으려 피나는 격한 부딪힘으로 습관을 들이려 노력 중이다.

믿는다. 많고 많은 부러움이 생겨난다 해도 결국엔 우리 둘만이 차오른 충만한 날들이 올 거라고 어금니를 부서지도록 깨물면서….

부풀어지지 못해 가벼워서 살짝 부는 바람에도 떠다님은 겁을 먹어 동요하나 보다.

버거워도 너라면 조금은 무겁고 싶은데…. 중심이 잘 잡힐수 있게 말이지.

내 설움을 대신하듯 저 멀리 져가는 노을의 눈가가 그렁그렁하며 밤하늘에 맺히고 있다.

붉게 타오르는 아름다운 석양도 속으론 애처로이 타는듯해
물 한 모금 건네고 싶었다.

그때 흘려버린 눈물들은 지금쯤 어디를 헤매고 있을까…?

익숙해져야 한다. 그렇게 되어야 하고.

그래야 견디는 참음이 아닌, 그 자체의 용기로 다독일 수 있
기 때문에….

은연중에 일부러라도 툭툭 내뱉기도 하는 어쩌면, 헛소리.
그 농담의 가치. 농담이 농담처럼 들리고, 아픈 마음을 농담
삼아 흘릴 때, 짓눌리던 무게에서 살짝 빗겨 나올 수 있다. 그
건 웃기는 착각이 감싸는 변명이라 해도 분명 그만한 가치가
있다. 다음날이 되면 전날 멋진 척 농을 쳐댔던 탓에 또 다시
아프기엔 너무 낯짝이 부끄러워지기 때문이다.

찝찝했던 멋쩍은 웃음이었을지라도 헤어 나오기 위한 나름
의 방법이었기에, 반쪽짜리 농담은 아픔의 무게 또한 반이나
줄어들 만큼의 가치는 있다.

Take 53   #
당신이 있는 곳은 저기, 저곳

낮에서 밤으로 번져가는 경계를 며칠째 목격하고 있다. 눈부신 낮이 밤을, 그리고 찬란한 밤은 꽃등 같은 새벽의 노래로 낮에 색을 입힌다.

운이 좋았다. 하루도 아닌 며칠을 거쳐 자물쇠처럼 잠겼던 그 까만 공간에 새하얀 열쇠가 돌아가고 있는 중인 것을 담았으니 말이다. 그런 신비로움이 뚜렷이 보일 수 있었던 그 해 뜨겁던 날들. 속이 상한 구름은 억지로 눈물을 토해내는 중이었을지 모르나 그 눈물에, 말라 허물어지고 있던 다른 생명들이 살아나고 있었다.

문득 손 대어본 가슴 속에도 여전히 그녀가 살아 있었다. 그리고 그 신비로움은 내가 깊이 사랑하고 있음을, 사랑해 나아갈 것임을 증명해주었다. 밤안개가 구슬피 춤추며 내려앉은 지금의 서글픈 시간. 수십만 병, 수백만 병의 술병들이 잔에 떨구어지며 울고 있을 것이다. 술잔의 채워짐은 기분 좋은 건배를 위한 비움이기도 하지만, 우리는 많은 부분을 절망이거나, 서럽거나, 아플 때 술잔을 더 높게 들어 올린다. 감추기 위해.

보통 술병들은, 그렇게 대부분 눈물을 흘리는 것이다. 한 잔. 한 잔. 그 술병의 눈물을 굳은 잔에 받아 우리 또한 쓰디쓴 메아리를 가슴속에 떠밀어 적셔 버린다. 무엇이 되었든….

오늘밤도 수놓아 펼쳐진 별무리들은 여전히 만개한 하늘정원이다. 경계의 저만치에 희푸른 새벽이 닿아 당신을 그리는 마음을 비춰줄 태양이 잠에서 깨어날 때 고개 숙여 감사히 안도한다.

이대로 그 빛을 따르면 당신에게 가까워질 것을 안다.

그렇기에 절대, 길을 잃어 한숨으로 헝클어지지 않을 것이란 것도… 알고 있다.

Take 54   #

이슬인 척하는 눈물로
달빛 아래 춤을 추다

문득 거울을 보니 푸석한 얼굴 사이에 환한 미소를 띄운 얼굴 틈으로 색 바랜 눈물이 흘러내린다.

감추지 못했던 투명함. 차마 바로 쳐다보지 못한 눈치. 끈적이게 늘어지는 미련으로 남겨 두었더니 투명도 바래져 검붉음으로 썩어 어지럽게 흘렀나 보다.

웃음 가득한 울음. 미련은 미련하게도 애달프게 비집고 나와 그거라도 잃지 않으려 입가에 억지스레 퍼진 근육을 실 삼아 질끈 감은 눈으로 세차게 박음질을 해댄다.

미처 붙잡지 못한 몰락한 눈물이 어깨에 걸려 곧 있으면 스쳐갈 새벽이슬을 기다린다. 순간의 그 찰나에 품에 안겨 높이 펼쳐져, 저도 이슬인 척할 것이다. 내 시린 사랑에게도 위로가 될까 하는 고마운 핑계.

세찬 핀잔의 비가 다녀간 자리에 여러 갈래의 물길이 그려져 있다. 주르륵 가늘게 이어지는 곳을 따라 한 곳으로 고여 달무리가 일렁이는 곳에 발을 담그면, 어느샌가 나도 달그림자의 포옹에 흠뻑 빨려들어가 달빛 속에 춤을 춘다.

비는 제법 굵은 자태를 뽐내며 쏟아졌다. 수일간 거침없이 행패를 부리며 두 팔 벌려 세상을 집어 삼키려던 폭염도 거친 빗줄기의 채찍질로 한 대 얻어맞아 이내 자취를 숨겼다.

Take 55   #

빗방울의 나이테,
숲의 다음 무대

얕게 깔려 채워진 물가에 빗방울들이 내려질 때 퍼지는 빗물의 나이테를 보게 된다. 어떤 빗방울은 작게, 또 어떤 빗방울은 크고 넓게. 비는 매번 새롭게 내리는 것이 아니었나 보다. 물가에 찾아온 세월에 가득 찬 것 같은 나이테가 잠깐이나마 비추어진 걸 보면.

눈감은 채 품고 품어 하늘을 불러 기대었던 초라함. 오랜 세월 그렇게 미쳐가며 하얀 품을 그리워했나 보다. 가여이 소리치며 오열할 때마다 산자락에, 떨리는 나무들 사이에, 처량히 휘날리는 도시 곳곳에도 운무(雲霧)가 내려앉아 빗물을 끌어안고 소리 없이 흐느끼는 걸 보면.

그 모습에 가던 길이 멈춰져 온몸이 굳어진다. 내게도 잠시 그리움이 앉아서 아무렇지 않다는 변명만 제멋대로 속삭여놓고 갔나 보다. 어차피 애달픈 변명이란 건 애당초 들어올리는 순간 처음부터 주인의 마음 따위는 안중에도 없는 것이다. 이럴 땐 우는 빗물을 핑계 삼아 같은 변명에 같이 젖어가도 될 일이다. 다 울고 난 뒤엔 진정됨으로 떨려오는 한숨과 함께 그 기다림도 잠시 눈을 감으면 곧 짙은 하늘이 한 꺼풀 벗겨내어 질 것이다.

회색의 무대. 난 어쩌면 이 우중충한 날씨를 너무나 사랑하고 있었던 것 같다. 회색빛이 옅게 발라진 하늘에 두터운 먹구름을 앞세운 비가 신나게 날아들면 그렇게나 차분해질 수가 없었다. 그런 회색의 날, 비바람이 장단을 맞추면 푸른 숲들이 격렬한 춤을 추기 시작했다. 정말이지 사랑하지 않을 수가 없는 날이었다. 내 가슴에 어떠한 것이 자리하고 있건, 어떤 한스런 외침이 맺혀있건 그런 것이 중요한 게 아니었다. 오히려 상황이나 감정들을 반대로 데려와 보면 비바람 속 숲들의 춤사위는 얼마든지 상쾌할 수 있는 것이었으며, 잔잔한 빗줄기 속의 여운들은 그 자태만으로 촉촉한 풍경이 될 수 있는 것이었다.

비바람이 좀 더 세지기 시작하면 빗줄기는 얇은 막처럼 스르르 옆으로 바람을 탄다. 그럴 땐 마치, 숲 속의 무대 속에 하나의 공연이 끝나고 다음 순서를 위해 준비하는 커튼의 장막처럼 보여진다. 기다리는 시간 동안 구름은 분주하고, 안개는 분위기를 고조시킨다. 세찬 바람의 박수 소리와 함께 정렬한 나뭇잎들의 환호로 숲들의 다음 무대가 시작되었다.

Take 56   #
어떠하니?

너에겐 어떠한 이야기가 잠들어 있니?

네게로 와서 잠이든 사연들과 기억들은

지쳐 잠이든 거니?

아니면 잠시 머물며 쉬는 중인 거니?

길을 걷다 문득 뜬금없이 깨우친 사실.

바람은, 날개가 없다.

그런데도 단 하루도 빠짐없이 멋지게 난다.

참으로 대단한 자식.

Take 57   #
슬픔에 기쁨은 모른 척 안겨 있다

　그렁그렁 슬퍼 왔을 때, 기쁨의 벅찬 순간도 더 깊게 배어 나올 수 있었다. 행복에 겨운 기억은 마냥 웃음에 젖은 채 그 하나로 지나가지만, 주체할 수 없는 괴로움을 마주하여 커져가는 공허함 속에서일 때는 더더욱 미소를 붙잡아 건지려하기 때문이다.

　무언가의 슬픔을 써 내려가거나 입 밖으로 새어 나올 때도 그에 상반되는 기쁨은 반드시 비집고 나온다. 어찌 보면 서글프기도 한 당연한 공식 같은 것이다. 슬픔이란 이름 안에 스며진 수많은 아픔들을 버텨내야 하는 그런 감정의 주관식 같은…

　지금, 어떠한 중간의 심정에 밀려있는지 뚜렷이는 알 수 없다. 그렇지만 나에게도 섞임 없는 순박함만으로 뭉클했던 포근함은 있었을 것이다.

　나도 모르는 사이 습관처럼 내뱉던 한숨으로 창백히 식은 세월이 만들어졌다. 눈물로 헤매던 하루를 다독여 꿈속에 데려다줘야 하는데, 잠은 체온마저 푹 꺼진 탄식을 뱉어낸 시름의 식어버린 숨결로 내려앉아, 붉게 맺힌 눈을 부릅뜨고 끝을 알 수 없는 기억을 모으고 있다.

　잃어버렸던, 붙잡지 못해 놓쳐 버렸던 나를 보지 못해 보이지 않는 저 너머의 시간 속에서는 얼핏 곁을 지나가주려나 하는 소원 품은 심정으로 떠돌다 묻혀버린 바보의 울음을 찾아 길에 매달려 본다.

Take 58   #
계절들은 서로 그랬어

장마. 여름이 통곡을 하는구나.

봄은 스치듯 잠깐 이어서 그리도 서러웠니?

이번엔 급한 맘에 네가 일찍 왔던 거잖니.

실컷 울고 예쁘게 속삭이다가 가을을 맞이해줘.

가을도 세상을 포근히 안으며 새하얀 겨울을 마중할 테니까.

봄에겐 네 한 여름 밤 꿈속의 별들을 보내줘.

'잘 자.'라고.

푸른 잎사귀가 가을로 떠나가면,

넌 쓸쓸하다 하겠지?

걱정 하지 마.

가을엔 네 부서진 눈물들이 스며져

그 마음 대신 할 꽃들 또한 반드시

피어날 테니까.

그러니 애써 숨기지 않아도 돼.

마음껏.

새벽이 두 눈빛에 물들어 가면

뭐라고 특별히 말해주지 않아도

겨울엔 너와 같을 거야.

꼭.

Take 59
내 삶 속 하나의 그때

가장 행복했던 때의 어린 시절이 있었다. 그 뒤론 겪어볼 수 없었던 그런 날들. 문득 어렴풋이 그곳에 있던 나를 만날 수 있었다. 그 기억을 소중히 하지 못해 멋대로 버려두어 한쪽 언저리가 부패된 채 썩어들어가 있었다.

작은 나는 넝마가 된 시절의 조각을 결코 놓지 않고 잃은 길을 찾아 이리저리 두리번거렸다. 그런데… 그런 놈의 얼굴은 웃고 있었다. 지금의 나를 만나는 기대에 부풀어 굳은살이 갈라진 것 같은 시간의 틈새마다 뒤틀어놓은 고통이 흘러넘치는 발걸음에도 미련하리만큼 웃고 있었다.

"어째서 웃는 거야. 어째서….
너라도 어서 돌아가서 고이 남겨져야지!"

차마 볼 수 없음에 눈을 감아 버렸다. 제발 떠지지 않길 몇 번이고 되뇌며 돌아가라 빌고 있었다.

하지만 나도 모르게 기다리고 있었던 건지, 아니면 결국 만나게 될 걸 알았는지 작은 나는, 늦은 새벽 곁에 나타나 내 손을 잡고 찌들은 고통에도 아랑곳없이 영민하고 천진하기 그지없는 모습으로 안도하듯 방긋 웃고 있었다.

나는 눈물을 애써 닦지 않았다. 마음껏 흘려도 좋은 날이라 믿었다. 작은 나는 나를 형이라 부르며 작은 손으로 살며시 쓰다듬었다.

"형. 그래도 잘 버티고, 잘 견디고 있었네. 그런데 알지? 올 수밖에 없었어. 걱정이 돼서 말이지. 텅 빈 형 가슴에 나라도 어서 가서 자리하고 있어야겠다고 생각했었어. 지금 나의 시절들은 형이 그토록 그리워한 시간들이었으니까. 미안해. 그래도 아무 염려 하지 마. 고이 잘 스며 있을게. 지금부턴 형도 향기 짙었던 날들을 다시 기억할 수 있게 될 거야."

그리곤 그간의 여정에 지쳐버렸는지 스르르 눈을 감아 기대어 곤고(困苦)한 설움의 눈물을 내게 쥐어주며 서서히 잠들어갔다. 작은 나도 눈물은 닦지 말라 했다. 아주 좋은 날이라… 했다.

난, 꿈속에 있지 않았다.

꿈이… 아니었다.

Take 60   #
끝에 닿기만 했던 상상

상상이란 건 끝도 없이 펼쳐질 수 있다고 했다. 그렇지만 어떠한 상상을 하건 나에겐 언제나 상상의 끝이 있었다. 상상 안에서도 더 이상 뻗을 수 없는 그런 끝자락의 골짜기 아래에 덩그러니 남겨져, 건져올려지지 못한 낡은 부표처럼 떠돌다 다시금 희미한 현실에 눈망울을 고정시켜야 했다.

그래도 현실이란 느낌 때문이었을까? 왠지 모를 평온함이 밀려들었고, 동시에 혼란스런 진실들이 얼어붙기 시작했다. 따뜻한 손길들은 곁으로 맴돌기만을 반복하며 안타까운 발만 동동 굴러댔다.

다시 한 번 힘을 주려 스스로를 부추긴다. 내 현실에 만날 수 없는 따뜻함이라면 차라리 있는 힘껏 상상에게로 달려들어 계속 덤벼야 했다. 지겹게도 단절되었던 끝 너머엔 애써 기다리고 그리워하지 않아도 될 따뜻함의 손길들도, 애타는 하나의 사랑도, 잊고 있던 나의 무언가도 있음이 확실했기 때문에. 하여 무모한 덤빔이 내 스스로를 괴롭히게 된다는 것을 알아도 어쩔 수 없음이었다.

우선 인정을 해야 했다. 철저한 나의 치욕이라는 것을. 그리고 모든 것이 다 내 것이라는걸 굳게 일으켜 세운 후, 처절한 외침과 지리멸렬한 반복 속에 비참하게 서 있는 순간들을 담담히 세뇌시켜 버렸다. 꽁꽁 매듭으로 죄어놓았으니 푸는 것 또한 나의 몫이다. 차디차게 양면의 날이 선 현실의 갈고리가 풀어버리도록 절대로 그냥은 놔두지 않을 것이다.

얌전한 듯한 내 현실이라도 지금은 난 믿지 않는다. 모호한 그 속의 혼돈을 인정한 내 엎드림을 믿을 뿐. 이미 각오는 되어 있다.

아픔은, 추정할 수 있는 방법이 없다. 스스로가 전혀 의도하지 않은 아픔이나 서운함이 밀려들었을 땐 분명 나조차도 어떤 이에게 아픔을 주었기 때문으로 인한 인과응보 같은 마음의 대가로 찾아든 것이다. 그래서 생각이 드는 건, 인간은 선함보단 죄를 더 많이 짓고 사는 동물일지도 모른다는 것.

오랜만에 아침이라 불러보는 날이 미안하지 않다. 햇살은 여전히 좋았던 것을, 많은 날 억지로라도 담으려 하지 않았던 것이 못내 가슴 아프다.

좋은 생각들, 좋은 마음의 주문들, 좋은 꿈을, 낯선 곳이라 여겼던 모든 곳이 젖고 있다. 그 누군가의 마음 또한 씻겨 내려가 백지 상태로 만들려나 보다. 야윈 사진 속 야윈 마음을 읽어낸다. 미친 듯 가슴을 쳐댄다. 어떻게 울어야 할지 몰라 그저 가슴을 쳐댄다. 가슴을 치며 우는 사람들이 왜 그토록 가슴을 치는지 다시 알게 됐다.

고통은 참을수록 선명함이 짙어지기에 번질만큼 번져 심연으로 유유히 풀려가도록 내버려둬야 한다. 얼마만큼의 시간이 걸리든 희미해질 거란 걸 이미 알고 있기 때문에. 지금은 우선 제일 좋아하는 일을 하는 게 중요하다. 노래를 부르기. 글은 이렇게 서툴게나마 문장으로 바꿔주고 있으니 지금은 노래를 하는 것이 맞다. 그럴 땐 목이 메어 미처 불러내지 못한 노래라도 머무는 공간 속 어딘가에 같이 따라 흐르던 멜로디가 채워주고 있어 견딜만하다.

그래. 내버려둬야 한다. 어떤 대답을 한다고 해도 만족스런 마음가짐을 갖긴 어려워.

답이 정해져 있는 거라면 애초부터 슬퍼할 필요는 없는 거잖아.

마음껏 휘젓고 가라고 하지.

어차피 무뎌지지 않는 한 슬픔은 갔다가도 어느새 옆에 와 놀고 있을 테니까.

그래도 내 곁에만 머물며 고약하게 늘어지진 않을 것이다. 의외로 가벼워서 여기저기 줏대 없이 머물다 가는 놈인 걸 잘 안다. 매번 다르게 들이닥치겠지만, 가슴속에 공존의 방을 하나 비워두도록 해야 한다. 그럼 오히려 살짝 엄살 부리기도 쉬워질 것이다.

스스로의 위로를 건네다 고개를 숙였을 때 곁에서 종일 거미줄처럼 찐득찐득 들러붙어 칭얼대던 그날의 하루는, 눈치도 빠르게 다른 때보다 더 이른 시간에 저물어 주는 것 같았다. 마치 술 한 잔 하라는 듯.

목을 통해 멜로디의 눈물을 뱉어내고 있다. 그저 감정이 실려 있는 손을 따라서 건반을 만져준다.

내가 알고 있는 나의 웃음은 어떤 것이었을까. 주변인들 모두가 하나같이 그 미소를 보고 싶다 말한다. 마지막 기억 속에 남아있는 것은 꽤 해맑은 천진한 웃음이었던 것 같은데, 어딘가 모르게 변한 모습은 부드러움을 잃은 투박하고 습한 미소. 그래도 천성은 어쩔 수 없는지 행동은 여전히 유하다.

열이 안겨 오른 호흡이 그럭저럭 이어지고 있을 때, 파고드는 공기 역시도 숨 막히게 갑갑했음을 확인한다. 무조건적인 강인함만을 요구하는 나의 더러운 가슴속. 그때는 알지 못했다.

역겹다고 치부했던 무모함이, 꿇고 있는 내 무릎을 펴주는 대역전극의 뒤집기였음을.

#Scene 7

부른다, 당신을, 나를…

Take 61
나침반은 당신의 사진 하나

온몸이, 온 마음이 타 들어가는 것 같은 통증이 차올라도 꼭 쥐고 놓지 않던 유일한 한 장의 사진이란 나침반은 고맙게도 다른 방향에는 미동도 않고 내 심장이 향해 뻗은 쪽으로 바늘을 고정시킨다. 처음의 출발과 함께 다듬어놓은 둥지는 내가 없는 사이 쓸쓸한 침묵과의 마주봄이 더 친근해져 있었다. 그래도 떠나올 때 전부를 다하여 깃들여놓은 내 입김을 기억한다면 그 자리에 마른 꽃이나마 곱게 피어 있을 것이다.

먼 시간, 그날의 떠남이 기억나는 잔잔한 아지랑이에 당신이 손짓하고 있다. 벅찰 만큼 달라진 게 있다면, 함박웃음 지으며 있는 힘껏 두 팔 벌려 있어준다는 것이다. 이 환상은 당신에 관한 건 무엇이든 짊어지고 버텨내었기에 가능한 보상이었던 것 같다. 비록 나의 지금은 쉬이 가벼울 수만은 없는 몽환에 뒤엉킨 무거운 새겨짐인 것이라도, 언제나 당신을 위한 화작(化作)이 되어짐의 기도를 태워 하늘에 가까운 당신의 모든 곳으로 보내고 있다.

　속에 간힌 그리움을 지도로 펼쳐 놓는다. 가벼운 마음이라 여겨가며 콧노래를 뱉어내지만, 내가 닿게 될 곳곳마다 진흙은 군을 줄 모른다. 눈이 마주하는 하늘의 단면들마다 별들마저 조롱하듯 빛을 미끄러트려 나의 지도를 짓밟는다. 그러나 나는 제대로 시작도 해 본 적이 없다. 그러니 얼마든지 무차별로 덤벼도 상관없으리라.

Take 62   #

그때는 반드시 마침표

나는.

그냥.

다만.

반 마디의.

안타까운 한숨에.

불러보고.

싶었는데.

조그맣게라도.

당신에겐.

들렸었는지.

마침표가 되고 싶었던 말줄임표.

당신의 왼쪽 얼굴이 나의 왼쪽 얼굴에 닿는 포옹의 바라봄
이 만나게 될 눈부신 여운까진 막연히 새겨져 갈 말줄임표.

멀지 않은 날, 당신과 나의 당김이 모아지게 되어 다른 무엇
도 필요치 않은 충분한 감동의 날. 마침표도 함께 젖어들 것이
다. 진정되지 못한 떨림으로.

Take 63   #
목 메인 부름의 고통쯤은 그저 엄살

지독히도 앓던 몸살처럼 찢겨짐을 채우던 그 해 어느 달. 추스르는 것에만 정신이 팔려 그리움을 흘린 자리에 데일만큼 뜨거운 위로가 나 대신 저 그리움과 어깨동무를 해주고 있었다. 속절없이 연약하기만 했던 그 달의 나는 사과의 용기도 거스른 채 처연한 암묵의 눈빛으로 다시 그리움을 불러냈다. 선한 그리움은 나의 부름으로 사과는 된 것이라 여겨주었고, 주저앉은 불안함에 용기를 원망하는 나를 쓰다듬어 만져주었다.

왠지 모르게 죽어있는 것 같은 이 느낌이 몸서리치게 좋아진다. 완전히 멎어버린, 내가 소멸되어 먼지마저 존재하지 않는 서글픈 감정 또한 좋다. 사라진 감각. 느낌 없는 느낌.

내 몸에선 곧 나무가 자랄 것 같다. 꽃잎은 단 하나로.

고통은 아무렴 괜찮다. 한낱 인간 따위의 엄살떠는 고통일 뿐이다. 멍청한 고집쟁이라 할지도 모르지. 지금은 아무렴 괜찮다는 심히 긍정적인 엉뚱한 태도를 발산하며 발칙한 계획을 하나둘씩 짜고 있다. 지금의 마음이 변덕을 부리지만 않길 바랄 뿐, 아직까진 별 탈 없이 모든 걸 최대한 흡수하는 중이다.

많은 의미를 찾는 것을 숙제로 삼아 현실을 현명하게 깨닫게 될 마법이 어떠한 것일까 고민하는 순간들은 다행히도 확실히 이전과는 다른 흐뭇한 태도로의 가벼움이다. 어쨌든 같은 자리에 지겹도록 머무는 어리석은 일은 없을 테니 영악스런 시간들이 내게 일일이 예고편 따위는 보여주지 않아도 깃털처럼 가벼워주마. 가볍게 날아올라 우습게 관망하며 번개처럼 날카롭게 새겨주마.

Take 64　　　　#
Spell주문呪文

지독함에 있어

아픔에 도움이 되는

마음가짐 중의 하나는,

순간순간마다 애써보는 망각.

지금이 가혹한 건 명백한 사실이기 때문에.

어차피.

Take 65　#

출소 出所

입술이 더는 떨리지 않는다. 무력함이 밟고 지나갈 여유도 없이 하나의 이름만이 남겨놓았던 공간에 빼곡히 채워지기 시작했다. 날 위해 탈옥하려고만 했던 씁쓸한 애증을 가둬만 둘 순 없었기에 이내 출소시켜 멋쩍은 뻔뻔한 안녕을 흔든다.

날… 날 위한 거였는데….

그것도 방부제랍시고 온갖 아픔 섞인 이유들만 치덕치덕 발라 옆구리에 붙잡아 메어 두기만 했었다.

이제야 존중된 눈물은 당황스러워 떨어지지 못해 눈가를 서성인다. 손으로 받쳐준 부축에 안심한 눈물들이 날아간 남은 귀퉁이엔, 얼룩져 버렸던 기억들이 얼룩의 그대로 멋지게 물든 새 옷을 갈아입었다.

긴 여행의 발자국.

노래가 되어 불리게 될 꿈.

긴 숨으로 발자국을 찍어야지.

한번 새기면 다신 돌아와서 남겨질 수 없으니까.

뻗은 책임만큼, 나름의 두드러진 자리를 고쳐주는 일 없이 그대로 놔둬야 비록 보잘것없을지라도 있는 그대로의 순간순간들을 쥘 수 있을 것이다. 생각의 걸음걸이와 마음의 일그러짐이 피곤해 뚝뚝 흘리기도 할 것임이 분명하지만, 어떻게든 살아서 꿈틀댈 것임도 당연하다.

나의 관심 밖으로 무심히 지나쳤던 삶 속의 사소한 공간에 음표들이 그려지고 있다. 먼지같이 피어 오른 선율들은 내 젖은 목을 타고 노래가 되어 꿈으로 이어질 행보에 긴 여행이 시작됨을 있는 힘껏 끌어안았다. 덜 익혀진 들뜸은 어쭙잖은 치기라 여겨져 즉흥적인 기분에 휩싸인 감동은 허락하지 않았다.

오늘을 베게 삼아 잠들고 내일을 곁에 안착시켜 입 맞추고 싶은 새벽. 모든 의문과 의미의 궁금함을 애써 물으려 하지 않는다. 어차피 이유는 하나로 뭉쳐져 멀리 가 있을 것이 확실하니까.

설사 이유를 정확하게 안다고 해도 또다시 고개를 갸웃거리게 될 거다.

Take 66 #
같은 숨

    푸르게 칠해진 숲의 옆자리에 안식의 잠이든 숨소리는 잠잠하다. 당신 같은 붉음의 입김이 보태어진 소리 없는 거부는 겁먹은 초췌함에 좀 더 일찍 알아차리지 못했던 것을 향한 처벌의 대가다.

    저미고 저미어져 넋을 잃은 무념의 손길이라, 차라리 얼음처럼 식혀지길 갈망하던 나약함에 대해 변명의 여지도 없는 불같이 휘둘러진 채찍질. 들켜버리고만 미련은 멍들어 휘청거리며 한탄의 갈무리로 산산이 터지어 나락으로 쏟아진다.

숨겨져만 있던 고결함을 선선한 초저녁에 불어오는 미풍 같은 부드러운 바람에 섞어 마시며 홍조가 채 가시지 않은 노을의 업힘에도, 떼어낼 수 없는 희미한 그림자에 드리워진 맺힘. 당신과 나의 같은 곳.

몽중이 몹시도 두려워, 떠도는 토끼잠을 습관의 곁으로 둔 적이 있었다. 곧 어느 날부터는 그때완 다른 잠이 들어볼 수 있을 것이다. 불면으로 쓰다듬던 얼룩진 여백의 언저리도 울음과 섞어 빠짐없이 하얗게 새어 들게 되면.

호흡을 삼키는 연습을 했다. 반가이 맞게 될 회복의 하품을 위해.

긴장의 숨을 삼켜본다. 탁한 공간에 숨겨지도록.

땅거미가 내린 뒤, 얼마 지나지 않아 수줍게 고개든 달빛은 어느새 침대 머리맡 창가의 끝을 흠뻑 적시고 있었다.

Take 67   #

남겨둔 기적이 남긴,
끝을 보낸 이야기

"그는 어디에 있습니까?"

"일부러… 부재중 입니다만….'

"어디로 갔습니까?"

"메모의 흔적 또한 없습니다. 그런데… 누구시죠?"

"못 알아 보겠나요? 접니다. 맞춰지지 못한 그의 조각."

"아… 말은 바로 해야죠. 마저 걸러지지 못한 쓸데없는 파편
이군요."

"쓸데없다니요. 그와의 대화는 모두 내가 주도한 것입니다."

"그러네요. 하나는 인정하죠. 그가 그의 모든 걸 미친 듯이
써 내려 갔을 때, 그쪽이 크게 자리했다는 거. 그래서요?"

"그래서라니요? 난 제자리를 찾아온 것뿐입니다."

"아니죠. 제자리라니요. 그쪽은 위로랍시고 누구도 승낙하지
않은 그의 사무침에 앉아 기생한 것뿐이에요. 내가 틀린가요?"

"그… 그렇지만…. 아니요. 아닙니다. 그래요. 맞아요. 인정합
니다. 그럼 어떻게 해야만 그를 스치기라도 해볼 수 있을까요?"

"방법은 없습니다. 그를 위한다면 그치세요. 그쪽이 도움될 건 아무것도 없어요. 그리고 그가 있는 곳엔 더더욱 머물 자리는 없습니다."

"그럼 다른 무언가가 곁에서 함께 하나요?"

"네. 그 다른 무언가가 그를 안고 있어요. 아주 강하게…. 어떤 것도 함부로 그의 문고리를 잡을 수 없죠. 빛이 너무 아름다워 모두 걷어내고 있거든요."

"그렇군요. 그가 단단해졌군요. 난 그가 도망친 줄로만 알았어요."

"전혀요. 스스로의 도움으로 더욱 빠르게 빛이 났죠. 그는 필사적으로 몸부림을 쳤어요. 쉽지 않았기에 그쪽이 더 선명했을 거예요. 이제 알았으니 돌아가주세요. 그쪽이 알고 있던 그는 잠들었습니다. 나 역시 그쪽을 또다시 보게 될 때는 그쪽도 파편이 아닌 그의 기억 속 숨결에 심은 시간이었으면 합니다.

약속해준다면, 조각의 하나는 그에게서 살도록 해 드릴께요. 단, 언제고 후회가 아닌, 늘 삶의 마음에 대한 살핌이 될 만한 것이라면… 나도 이제 가봐야겠군요. 눈을 뜨게 될 그가 곧 나를 볼 차례예요."

"다행이에요. 미안하구요. 감사하네요. 약속합니다. 결국, 나도 당신에게 위안을 받았군요. 누군지 물어봐도 될까요? 당신은 누구시죠?"

"저는 잠들기 전 그가 남긴… 기적입니다. 그럼…"

Take 68
인사 그리고… 인사

잘 가요.

잘 있어요.

잘 자요.

그리고 오직 우리만,

그날에 우리만.

다시 만나요.

꼭 다시…

Take 69   #
별빛을 닮아가던 눈

늦은 밤마저 하품으로 깊숙이 지나가는 시간, 말끔히 뜬 눈이 더 이상 어색하지 않다. 모르던 사이 별자리의 곳곳마다 인사를 전하는 작은 넉넉함이 생겨났고, 어느새 그늘진 내 두 눈도 저만 치에서 유독 수줍게 빛을 내는 별과 닮아갔다. 밤을 지샌 고단함 쯤은 가벼이 증발되어 남겨지는 건 역시나 변함없는 보고픔이다.

이야기를 전하고 싶어 서둘러 달려나가 자랑이라도 해보이려 맑은 눈을 그녀에게 슬며시 밀어낸다. 그녀의 외침이 아니었으면 마냥 서러움에 가득 찼을 눈이니 제일 먼저 건네는 건 당연하다.

흐려지지 않는 눈빛이 찰랑이는 공간에 총총히 그녀의 눈물이 떨구어진다. 날 기억하던 사람의 마음 놓인 흐름. 그런 내 눈에 살겠다 했다. 그녀가… 그러하겠노라 했다.

이게 어찌된 일인가. 나의 꿈이 나의 눈을 보며 힘껏 빛을 내뿜는 눈빛에게, 오랜 시간을 거쳐 오게 되어 마침내 시작되게 될 대답을 해주었다.

너무나 듣고 싶어 후엔 무서워졌던 참람한 한마디.

그간의 설움에 정신마저 잃었었던 그날, 당신의 말.

이건 내가 그렸던… 마지막 가상의 그림일기.

Take 70   #
그래, 끝이야

느리다. 보낸 거에 비해 찾아오는 예쁜 꽃송이 같은 마음은
느리게 온다. 싸늘한 주검을 놓지 못해 가슴 치는 빈껍데기의
집착 같은 기다림은 길어지고 있다. 그래. 그건 집착이다. 이미
오래 전부터라는 가련한 거짓의 말로 기대어 안타까운 집착을
버리지 못한 여러 날들.

그러니 느리지. 느릴 수밖에.

보낸 것이 아닌 억지로 밀어 떠나보낸 불확실했던 배웅.

하지만 적어도 숨진 않았다. 부끄러운 내색을 거울에 건네주
며 언제나 같은 반복의 부탁만 조른다. 내 자신의 마음이 마음
을 어르지 못할 땐 거울에 비추어 조름의 강도를 세게 조절해
보는 거다. 은근슬쩍 타협안을 제시한 협상도 간간히 요구해가
면서…. 때론 거울너머의 내가 나를 더 잘 보살필 때가 있다고
생각했으니까. 그곳의 나는, 나를 속이는 거짓은 말하지 않아
주었으니까.

어느 순간부터 확연히 티는 나지 않았지만, 희미하게 보이기 시작했다. 망울망울 맺혀 이곳저곳을 떠다니다 가끔씩 왔다 간 침잠(沈潛)의 속삭임들.

"좋아. 다 됐어. 괜찮아."

의심으로 가득 찼던 거친 숨소리를 고르고, 끝이라는 건 절 망의 시간도 함께하지만 아름다운 흐름의 뜻도 있다는 걸 담는다. 그토록 미웠던 두려움이 날 끌어안아 다정한 어조로 위로한다.

"너를… 추억할게."

미안하다는 사과는 없었다. 두려움답다.

그렇다. 당장의 나에겐 끝을 내주어도, 다른 누군가 다시 위로를 전해들을 때까지는 그 두려움이어야 하니까.

끝을 낼 것이다.

그럴 때가… 됐다.

마지막다워야 할 마지막

굳힌 마무리로 다듬은 마음가짐을 매단 채로 지나온 여정 속에, 삶이 하나씩 순응된 탈색으로 물들어갔던 정지의 순간마다 스스로에게 많은 너그러움을 베풀어 주었다.

남루한 내 자신의 등을 어루만져줘야 마지막을 남김없이 모두 토로할 수 있을 거라 믿었기 때문이다. 아쉬움도, 후회도, 눈물도 없었으며, 그렇다고 태연해지는 소박한 심정도 없었다. 문서의 저장 버튼을 누르는 손끝의 물리적 행위가 멈춘 후, 한동안 고개만 푹 숙이고 있었을 뿐이다.

다 뱉어내어 헹굼마저 거쳐 간 마지막은 곱게 말려져 그렇게 사라져갔고, 보내졌다.

해야 했던 말들. 정말 하고 싶었던 이야기. 산채로 버려져 죽어버린 억지스러운 거죽을 뒤집어쓴 낡고 허름한 육신에게 잠식된 불완전했던 의지와의 인사. 애탄함을 떨칠 수 없었던 미소는 그림 속 마지막 작별의 색깔을 칠해준 이야기로 땅속에 묻혀 마침을 흘릴 것이다.

이미 악수를 나눈 안녕의 껍질은 단단하다. 남은 삶의 발걸음이 얼마나 포용이 될지는 모르나, 이어지는 것이 아닌 완전한 끊음에 다시 새겨질 발자국이 되어가는 것임으로 앞으로의 그날들이 진정 내 삶을 살아가는 걸음이 될 것이다.

1살… 태어난 1살의 겁먹은 막막함은 당연하다. 지금 내가 느끼고 있는 그런 알 수 없는 두려움과 기대감. 그런 1살이라 갖게 되는 절대 권력이 있다. 무엇이든 어르고 달래지는 단 한 곳으로의 집중이 맞춰져 있는 갓난아기의 막강 권력이 그것이다.

새로운 삶으로의 1살은 권력보단 격려와 위로를 듬뿍 받아 장함의 훈장을 받는 동시에 자아에 대한 책임감의 의무가 온몸에 둘러진다. 갓난아기는 기다림을 배우며 살아야 하겠지만, 갓 새로 사는 사람에겐 기다림부터가 시작이다. 아픔을 알아갈 때, 아픔을 묻어 자리를 다진다.

이 둘에게도 같은 공통분모로 박히게 될 마음이 존재한다. 준비되지 못한 늙어감의 슬픔. 어느 한쪽의 시간적 여유를 떠나서 인식되는 순간부터 아직 그 시점이 몸소 인정될 만큼 오지 않았음에도 괜스레 억울함부터 밀려드는 심정의 욕심.

술이 늘고 담배가 늘어갈 때 더더욱 깨닫게 되겠지. 깜짝 놀랄 일들이 점점 안정된 마음으로 별거 아닌 것이 되어가는 게, 꼭 고장난 것처럼 여겨져 서글퍼질 때도 있겠지. 정말 중요한 건 둘 다 자신의 있는 그대로의 방향으로 온전히 자신답게 살아가야 한다는 것이다. 행복함도 불행에 지친 슬퍼함도 절대로 저 혼자서는 달려들지 않을 것이기 때문이다.

갑자기 현미경이 갖고 싶어졌다. 작가 김연수 님의 『청춘의 문장들』이란 책의 어느 구절에 보면,

"어느 날 갑자기 소설을 쓰기로 결심하고 한쪽 구석에 앉아 글을 써 내려가는 장면을 상상할 때 어떤 애잔함 같은 것을 떨칠 수가 없다. 누군가 그런 소설을 가리켜 '키친 테이블 노블'이라고 말했다. 식탁에 앉아서 쓰는 소설이란 뜻인데 …(중략)… 어떤 경우에도 그 소설은 전적으로 자신을 위해 쓰여지는 소설이기 때문이다."

라는 말이 나온다.

그의 말대로 자신이 그것을 쓰는 동안에 그 글을 쓰는 사람이 치유 받고 구원을 받은 소설.

그래. 그렇다. 판매와 돈이 목적이 아닌 오직 쓰는 것에 의의를 둔 그런 소설.

내가 쓴 글은 소설이 아니었지만, 나 역시 쓰는 동안 같은 경험을 했다.

나를 위해서, 지금까지의 나를 끝내기 위해서.

좁은 방에 앉고, 수백 킬로를 걷는 길목에 기대어 노트와 자판을 노려보며 고집을 부렸고, 단어들이 만나 문장이 되어질 때마다 환희했고 절망했다. 어느새 달아올라 있던 아픔은 서

서히 가라앉았다. 마치 아무도 밟지 않은 보드라운 잔디밭 위의 한 켠에 눈을 감고서 덩그러니 홀로 몸을 뉘였을 때, 포근하게 불어오는 바람이 온몸을 시원하게 적시는 느낌이었다.

그런 의미에서 나의 글들은 '키친 테이블 에세이'였던 것 같다.

1년 동안 내가 무엇을 썼는지 도통 기억이 나질 않는다. 기억도… 잠이든 것일까? 다만, 조심스레 가슴 졸여 하루하루를 건너는 미명 때의 느낌들만이 희미한 듯 반짝반짝 정들어 있다. 타인과의 마주침이 아닌 내 자신이 고개 숙인 나를 만나 안아야 했기에, 모든 것을 전부 오롯이 감당해야만 하는 짧다면 짧고 길다면 길었던 시절.

푹 꺼진 어둠 안에 들어차 있었어도 내가 온전한 나로서 잘 살아내어 그 빛을 뿜어 다 쏟아내었으니 글의 내용이 기억이 나지 않는다 한들, 그거면 충분히 된 것 아닌가.

혼을 뉘이는 천화(遷化)의 심정과 같았던 서른네 해의 마지막 1년의 시간이 그만큼 기뻤다고 말하리라…. 훗날 유일하게 순수한 함박웃음을 지어줄 수 있을. 다 늙어 어린아이처럼 눈물을 흘려도 이 날을 기억하며 흘려내는 것이라면 부끄럽지 않을.

아름다웠다.

잊을 수 없으리라.

그 하나로 불망(不忘)이리라.

아팠어도, 살아온 다른 많은 날들보다 눈물 한 점 으깨어 써 내려간 여운이 나를 살게 했다.

'어쩌면'이란 단어의 긍정성을 방치해두기만 했다면 지금쯤 나는, 어디에 어떻게 잠기게 되었을까?

'그래. 어쩌면…'

이 무의식적으로 반복된 그녀를 되새김이 내 주재료였다.

체한 듯 뚜렷함을 게워낸 탓에 완전히 눈을 덮었던 까만 어둠은 작게나마 걷어내어 졌다. 지친 적막의 밤마다 두 눈을 두드리며 다가오던 파편의 자잘한 조각들은 아직 서툴러 선명함이 더뎠지만, 곧이어 옅은 회색의 빛으로 비집고 나와 주었다.

여린 빛줄기는 밤안개를 가른다.

별이 흘린 눈물이 먼 곳으로 떠나 감춰지고 있다.

별똥별의 모습으로.

담백해진 후, 그리고 가벼워진 후, 처음 같은 설렘으로 다시 손을 대었다. 참혹한 찌꺼기 같은 변명처럼 남겨두던 '여전히'라는 말은 더 이상 담지 않은 채, 홀가분한 마음산책을 하며 눈길과 손길 가는 곳 어디든 데려다놓는다.

펄떡대는 심장의 파편에서 잉태되어 그렇게 새로이 하게 될 이야기. 엉성하게든, 귀엽게든, 예쁘게든, 새 포장을 뜯은 사유된 모든 시간 속에 무엇이든 만들어져 산책으로 걷는 길에 손을 마주잡을 것이다.

앞으론 확연히 가벼워진 마음들이, 주어진 책임만큼 제 할 일을 다해줄 것이라 믿는다. 눈물도 눈물답게, 미소도 미소답게. 좋은 버릇을 들이기 위해.

무척이나 궁금해졌다. 다시 살아가는 남은 삶의 보임과 내가 데려온 날들의 소리들이 어떠할지.

무언가 문을 두드려 열고 빠끔히 기웃거리며 쳐다본다. 새로운 미소로 나를 찾아와 처음 맞이하게 될 찬연한 새벽.

어서 와. 기다리고 있었어.

이걸로 끝이 났다. 그 동안 많이도… 넘치게도… 이기적이었다.

이기적이었다고 했으니 뻔뻔하게 한마디 정도 덧붙이고자 한다.

내 이야기 속의 공감에 대해 많은 고개의 끄덕임은 없을지도 모르지만, 겹겹이 뉘어져 하나둘씩 베어갔던 무거운 감정들의 고인 잔해들은 그 가라앉은 앙금의 찌꺼기조차 누구에게도 양보할 수 없다.

멈추었다. 그리고 눈을 뜨고 눈을 비볐다.

되었다.

Take a walk in a mind.

Ending

Screen

잔뜩 조바심을 내며 걷던 그 사색의 길에 다시 앉아 이렇게 하나의 물들임을 어설프게 마무리하고 있다.

철저하게 혼자서 이리저리 나누고 더해야 했던 한심한 시간. 많았던 비관만큼 속을 끄집어 낼 수 있었고, 그만큼 안도했으며, 비웃었다. 문득문득 비집고 들어오는 구겨버리고 싶은 칼날 같은 순간들도 할퀴어대며 버려지길 거부했다. 그리고 버려질 수 없음도 당연했다. 아주 오랜 날들이 스치고 스쳐야 왜 버릴 수 없었는지도 붉어져 나오게 될 것이다.

각각의 작은 이야기들을 따스하게 덮어주며, 고개를 숙인 말 한마디 넌지시 건넨다. '잘 자.'라고.

깊어질 잠 속의, 흘러갈 기억들은 서서히 초연한 종막의 커튼을 내린다. 언제 어디서든 다시 조우되었을 땐 방향을 잃지 않게 기다려 달라는 약속을 채운다. 가득 채워져 흐려지는 눈망울, 뜨거운 몸을 그늘에 기대어 천천히 손을 흔든다.

이유 모를 서러움에 들썩이는 Ending credit이 올라가는 순간에도, 마지막 까만 화면의 침묵 속에 다음 편을 기다리는 하얀 화면 속 검은 초점의 떨림에도 흔들리지 않는 건 당신을 위한 삶의 꿈.

벌레야. 그 날,
나비가 된 넌…
지금은 어디쯤에,
서 있니…